Caja Cazemier

Caja Cazemier werd op 5 september 1958 in Spijkenisse geboren. Na de middelbare school ging ze Nederlandse taal- en letterkunde studeren. Twaalf jaar lang was ze lerares Nederlands, maar tegenwoordig besteedt ze haar tijd volledig aan het schrijven van boeken. Ze woont in Leeuwarden.

Dankzij haar ervaring in het middelbaar onderwijs staat ze heel dicht bij jongeren, ze begrijpt wat hen beweegt en hoe verwarrend hun wereld kan zijn. Ze schrijft dan ook over situaties en problemen waar jongeren mee te maken hebben: over vriendschap, verliefdheid en homoseksualiteit, maar ook over serieuzere onderwerpen, zoals seksueel misbruik en de dood. Caja Cazemiers levensechte en herkenbare personages laten de lezer meeleven én meevoelen. Haar vlotte en toegankelijke schrijfstijl zorgt ervoor dat haar boeken voor een grote groep lezers interessant zijn.

Lees ook van Caja Cazemier:

CAJA CAZEMIER

VAMP

Uitgeverij Ploegsma Amsterdam

Kijk ook op:
www.ploegsma.nl
www.cajacazemier.nl

ISBN 90 216 1870 2 / NUR 283/284

© Tekst: Caja Cazemier 2006
Omslagontwerp: Studio Jan de Boer
Omslagfoto: Studio MPM/Getty Images/Marco Sartori
© Deze uitgave: Uitgeverij Ploegsma bv, Amsterdam 2006

1

Jade oefende eerst voor de spiegel. Wat was een sexy houding? Zo? Ze zette haar voeten iets uit elkaar en legde haar handen plat op haar billen. Toen zakte ze door haar heup, duwde haar kont naar achter en haar borsten vooruit, en keek met haar hoofd scheef zo uitdagend mogelijk in Malini's lens.

Of zo? Ze draaide zich half om, zodat haar achterkant in de spiegel verscheen. Ze legde één hand in haar holle rug en de andere in haar nek en keek over haar schouder zichzelf aan. En hoe kun je verleidelijk kijken? Ze tuitte haar lippen tot een zoenmond. Hm, nee, niet goed. Ze dacht even aan de videoclips op MTV. Toen deed ze haar mond een eindje open, kneep haar ogen halfdicht en vroeg aan Malini: 'Hoe kom ik zo over?'

'Verleidelijk, hoor!' zei haar vriendin.

Jade hoorde de klik van de camera. Dat kon nooit waar zijn, dacht Jade.

'Kijk maar!' Malini haalde de foto terug en Jade zag zichzelf op het venstertje van de digitale camera.

'Een echte vamp!' grijnsde Malini.

'Een wát?' vroeg Jade.

'Een vamp, een verleidelijke vrouw!'

'Nooit van gehoord.'

Het kwam wel vaker voor dat Malini woorden gebruikte

die zij niet kende, maar het klonk als een geheimzinnig compliment. Jade keek nog eens naar het schermpje. Was zij dat? Ze kende zichzelf bijna niet terug. 'Hm, inderdaad niet slecht,' oordeelde ze. 'Nog een paar?'

Jade nam een andere houding aan terwijl Malini met de camera om haar heen draaide. Jade kreeg er plezier in. 'Ook van dichtbij, hè, alleen mijn gezicht.'

Jade wierp weer een blik in de spiegel. Ze was lang en mager, maar op de foto's zag je dat gelukkig niet zo. Ze droeg haar spijkerbroek met de kleurige stiksels en een kort gestreept truitje dat haar schouders bloot liet. Ze had een bleke huid met te veel puistjes en er was nog te weinig zon geweest om een beetje te kunnen kleuren. Meestal was ze onzeker over haar uiterlijk, maar met zo veel make-up op en met haar lange haar kunstig opgestoken, viel het wel mee. Het enige waar ze écht tevreden over was, waren haar borsten die mooi van vorm waren, niet te groot en niet te klein!

'Nu is het mijn beurt,' zei Malini en ze duwde Jade de camera in handen.

'Jij zou een prachtig model zijn,' zei Jade terwijl ze met een het-is-niet-eerlijk-blik naar haar vriendin keek die op haar beurt sexy poses en blikken uitprobeerde. Malini kwam heel overtuigend over, maar ja, zij had een fraai gevormd lijf, waarvan alle maten precies goed waren en met een gave, lichtgetinte huid eromheen. Malini had heel sprekende bruine ogen en mooi lang zwart haar. Ze was echt een schoonheid.

Jades moeder had een dansschool. Ze waren samen in de lege balletzaal foto's van elkaar aan het maken. Het idee was vanmiddag geboren, toen ze verveeld achter de computer zaten. Het was meivakantie en de regen kletterde tegen de ramen van Jades kamer. Ze hadden ge-msn'd met hun vriendin Sacha, die bij haar vader was, en zich door het slechte weer ook verveelde. Daarna hadden de vriendinnen wat gesurft op internet.

Het idee kwam van Malini. Jade was direct enthousiast geweest. 'Héél goed plan! Wanneer?'

'Nu direct. Ik heb een camera,' had Malini gezegd.

'En ik ouders,' zei Jade terwijl ze met haar vingers knipte.

'Die heb ik ook, hoor,' merkte Malini op.

'Ja nou, ik bedoel: ik heb nuttige ouders, bruikbare ouders, die praktisch dus echt iets kunnen betekenen in dit geval.'

Malini proestte het uit. 'Gisteren had je nog een heel andere opvatting over je ouders. Ze waren gestoord, ze waren mummies, barbaren, ze waren weet ik veel hoe ouderwets.'

Jade dacht terug aan de ruzie van gistermiddag met haar moeder over het msn'en. Jade had heel eerlijk gezegd wat ze aldoor aan het doen was op haar kamer. Volgens haar moeder was het ongezond zo veel te computeren. Ze had de rest van de dag niet meer achter de computer mogen zitten. Milde straf. Ze was bij Malini verdergegaan. En toen ze 's avonds bij haar vader klaagde, had hij haar moeder gelijk gegeven!

'Dat was gisteren,' zei Jade. 'Ze zullen blij zijn dat we ons nu eens anders vermaken.'

Malini grijnsde. 'Maar hoe nuttig is nuttig?'

'Ik vraag mijn vader of hij ons haar wil doen, en dan gaan we de foto's in de danszaal maken!'

'Wauw! Wat een handige ouders heb jij!'

'Zei ik toch?!'

'Ik moet m'n camera dus even ophalen,' zei Malini en ze keek met opgetrokken neus naar buiten. Het regende onafgebroken.

Jade keek op haar horloge. Het was vier uur. 'En ik ga bij mijn vader langs. Dan hebben we meer kans dat hij het wil doen dan wanneer we bellen. Kom, gaan we samen.'

Weg was de verveling. Ze kwamen overeind uit hun hangende houding, zetten de computer op stand-by en liepen zingend de trap af. In de gang van hun woonetage haalde Jade een paraplu tevoorschijn en ze gristen hun jassen van de kapstok. Daarmee gingen ze nog een trap af. Ze kwamen nu in de gang op de begane grond. Hier was de dansschool van haar moeder: links de danszaal, rechts drie kleedkamers en de douches. In de vakantie was er geen les, maar toch kwam er muziek uit de studio. Jade deed de deur op een kier en zag haar moeder in danskleding voor de spiegel staan, geconcentreerd kijkend naar haar eigen bewegingen, die ze steeds herhaalde en uiteindelijk opschreef op een blaadje dat voor haar op de grond lag. Haar moeder was nieuwe oefeningen aan het bedenken. Jade riep: 'Mam, wij gaan even weg, hoor!'

Haar moeder zwaaide als antwoord.

'Kunnen wij vanavond hier terecht?'

'Joe, doehoe,' zong haar moeder over de muziek heen.

'Dat is één,' zei Jade zodra ze de deur dicht had gedaan. 'En nu naar de kapsalon van mijn vader.'

Buiten klapte ze de paraplu open en arm in arm liepen ze de smalle straat uit, staken het plein over en sloegen de winkelstraat in. Handig zo in het centrum te wonen, vond Jade. Je had de winkels altijd dichtbij. En oma, die woonde ook in de binnenstad! Omdat die net zo goed een vriendin was, ging Jade heel vaak even bij haar langs.

De deur van de kapsalon veroorzaakte een vrolijk getinkel. In de deuropening schudde Jade de druppels van de paraplu. Binnen was het lekker warm en er hing een zoete amandellucht. Jade hoorde Malini snuiven. Ze wist dat bijna alle producten die haar vader gebruikte die geur hadden: de shampoos, de verstevigers, de haarverf. Ze vond het zelf erg lekker ruiken.

Haar vader keek op. 'Ha, meiden, wat brengt jullie hier?'

Ze vertelden het hem.

'Zo, dat is ook geregeld,' zei Jade even later tevreden.

Daarna gingen ze naar Malini's huis om de camera te halen. Vervolgens doodden ze de tijd met MTV en om zes uur waren ze weer bij de kapsalon. Jade wist dat haar vader het op prijs stelde dat ze even meehielpen met opruimen. Zo won hij weer wat tijd.

'Wie eerst?' vroeg hij.

Malini's lange donkere haar vlocht hij in en stak het op. Alleen een paar lokjes bij haar hoge voorhoofd liet hij vrij. Voor Jades blonde haren had hij een wilde look bedacht: ook opgestoken, maar dan één en al piek en krul. En met heel veel spelden en spray, want ze had van zichzelf nogal slap haar. Beide meiden waren tevreden over het resultaat. Haar vader ook. Jade was gewend aan de bewonderende blikken die Malini altijd kreeg, maar de trotse blik waarmee hij hen bekeek, gold haar evengoed.

'Knappe meiden!' zei hij dan ook waarderend.

Vaderliefde maakt natuurlijk blind, dacht Jade. Maar het was lief van hem.

Na het eten moest er natuurlijk eerst GTST gekeken worden. Daarna doken ze in Jades goedgevulde klerenkast. Voorzichtig trokken ze de truitjes over hun hoofden. En weer uit, want ze moesten verschillende combi's uitproberen en het duurde even voor ze een keus hadden kunnen maken.

'En nu opmaken!'

Daar hadden ze een kwartier voor nodig. Daarna konden ze de danszaal in. Aan de zijkant van de zaal viel nog net wat laat zonlicht naar binnen: lange strepen over de zwarte balletvloer. Erboven dansten stofdeeltjes in een onbegrijpelijke choreografie.

De zaal was groot, leeg en stil. Maar niet meer nadat Jade muziek op had gezet. Ze liep heupwiegend heen en weer. Ze zwaaide met haar armen, maakte een soort huppelpas in een schuine lijn opzij, draaide soepel om haar as en sprong de lucht in terwijl ze lenig haar benen de lucht in gooide.

'Heb jij eigenlijk bij je moeder op les gezeten?' vroeg Malini die naar haar had staan kijken.

'Ja, vroeger, als kind. Verplicht. Maar ik vond het wel leuk, hoor. Nu niet meer, ik ben ermee gestopt toen ik dertien werd.'

'O ja, je luie leeftijd. Volgens mij ben je toen met alles gestopt.'

Jade stak haar vinger op. 'Behalve met msn'en, tv-kijken, muziek luisteren, shoppen...'

'En een beetje voor school werken, mag ik hopen?' vulde Malini aan.

Jade grinnikte. 'Ja hoor, in goed afgepaste porties!'

Dan was Malini anders. Van hun vriendinnenclubje, van Malini, Sacha, Lian en zij, was Malini degene met ambitie. Zelf was Jade liever lui dan moe, had ze halverwege de brugklas besloten, twee jaar en een paar maanden geleden. Ze deed altijd net genoeg voor school.

Ze trok Malini naar zich toe en nam haar mee in danshouding. 'Ik wil wel op stijldansen,' zei ze.

'Nou, dan doe je dat.'

'Volgend jaar!'

Hun armen en benen haakten en lachend vielen ze elkaar in de armen. 'Ook een paar foto's samen,' besloot Jade.

Ze keken naar hun gezamenlijke spiegelbeeld. Ze stonden erg mooi naast elkaar, zeiden ze weleens voor de grap. De een alles blond, de ander alles donker.

Aan de lange zijde van de zaal voor hen waren spiegels, maar achter hen ook. Resultaat was dat Jade zichzelf en Malini eindeloos vaak herhaald zag, van groot tot steeds kleiner. Heel grappig was dat: ze keken beurtelings tegen hun gezichten en tegen hun ruggen aan.

'Dat is mooi,' wees ze.

Malini pakte haar camera en begon te fotograferen, hun herhaalde lichamen in de spiegels, in verschillende houdingen. Het gezicht van Jade rechtstreeks, maar erachter repeterend in de spiegel. En nog eens en nog eens. Daarna zette Malini Jade voor de witte gordijnen om een neutrale, rustige achtergrond te hebben, maar ze maakte ook gebruik van de leegte van de balletzaal als decor. Daarna maakte Jade foto's van Malini, steeds de aanwijzingen van haar vriendin opvolgend.

Ze bekeken de resultaten. Malini zei: 'Ze zijn mooi, maar allemaal erg braaf, zie je dat? Laten we ook een paar sexy foto's maken. Gewoon voor de lol. We zijn nu toch bezig.'

Daarom stond Jade nu te oefenen op verleidelijk. Leuk was dat! Jade dacht aan Kevin, de knapste jongen van de klas. Stel dat hij hen nu bezig zou zien... Ze trok haar truitje iets naar beneden zodat de ronding van haar borsten beter zichtbaar werd. 'Inzoomen, Malini!' beval ze.

Jade wilde op de foto wel een vamp zijn, zoals Malini net had gezegd. In het echt zou ze nooit durven.

Maar Malini had gelijk: nu was het haar beurt. Ze maakten nog veel meer foto's en waren uiteindelijk tevreden. Met de camera gingen ze terug naar Jades computer en sloten hem erop aan. Ze zagen zichzelf schermgroot terug. De foto's waren goed geworden! Tjee! Ze stonden er echt mooi op. Allebei! Haar lengte viel niet op, de make-up had goed werk gedaan en haar borsten kwamen mooi uit. Kijk die ene foto! Door het zachte licht leken zelfs haar knokige schouders wat ronder.

'Moet je opletten,' zei Malini. Ze kon de foto's een beetje bewerken. Ze maakte de sfeer van een aantal foto's romantischer en van andere de kleuren wat warmer. Jade leek ineens een prachtig gebruinde huid te hebben!

'Knap van je!' riep Jade tevreden. 'Mooi!'

Het was moeilijk een keus te maken, daar hadden ze heel wat cola en chips bij nodig. Nadat ze ieder een stuk of tien foto's hadden gekozen, surften ze naar sugababes.nl.

Daarna begon het echte werk. Ze meldden zich aan en giechelend maakten ze een profiel aan, eerst voor Malini, daarna voor Jade.

2

Edelsteentje zegt: heey malini, heb je ons gezien ☺ ☺ ☺
Niccky zegt: heej jadeej, alles okeej?
Edelsteentje zegt: yes! we staan er mooi op
Niccky zegt: ja mooi heej
Edelsteentje zegt: 1 dag op sugababes
Edelsteentje zegt: en nu al berichtjes
Niccky zegt: nu al punten
Edelsteentje zegt: dat heet kudos
Niccky zegt: I know
Niccky zegt: weet sas het al?
Edelsteentje zegt: ja
Edelsteentje zegt: en lian ook
Niccky zegt: misschien kunnen zij ook op sugababes
Edelsteentje zegt: gaan we nog eens fotomodel spelen
Edelsteentje zegt: misschien word ik later wel fotomodel
Niccky zegt: ik dacht dat jij iets met oudjes wou doen
Edelsteentje zegt: wat meer respect graag
Niccky zegt: sorry
Edelsteentje zegt: maar je hebt wel gelijk

Niccky zegt: wat je eraan vindt
Edelsteentje zegt: maar een carrière als model
lijkt me ook tof
Edelsteentje zegt: grapje
Niccky zegt: huh?
Edelsteentje zegt: ik ben niet geschikt voor
fotomodel
Niccky zegt: waarom niet?
Edelsteentje zegt: niet mooi genoeg
Niccky zegt: met opmaken en als je de foto's
gaat bewerken lijkt iedereen mooi
Edelsteentje zegt: ja duh
Niccky zegt: je moet goed kunnen poseren
Niccky zegt: dat kan jij wel
Edelsteentje zegt: en dan word jij fotograaf
Niccky zegt: na ja
Edelsteentje zegt: niet?
Niccky zegt: ik weet nog niet wat ik wil. na
het vmbo wil ik naar de havo
Edelsteentje zegt: daarna dan! jouw fotoos zijn
heel goed
Niccky zegt: na ja
Edelsteentje zegt: is zo
Niccky zegt: o?
Edelsteentje zegt: ja
Niccky zegt: zucht
Edelsteentje zegt: wat nou?
Niccky zegt: hoe kom je toch aan al die
kleren?
Edelsteentje zegt: mijn oppaskindjes hebben mij
vaak nodig

Edelsteentje zegt: vanavond ook weer
Niccky zegt: goed voor de portemonnee
Edelsteentje zegt: en ik krijg wel eens wat
van hun moeder
Niccky zegt: goed voor de klerenkast
Edelsteentje zegt: goed voor mij ☺ ☺ ☺
Edelsteentje zegt: die kindjes zijn lief
Edelsteentje zegt: die kindjes zijn leuk
Niccky zegt: ah
Edelsteentje zegt: ik ben dol op kindjes
Edelsteentje zegt: misschien doe ik later wel
iets met kinderen
Niccky zegt: kan ook
Niccky zegt: nou kga
Edelsteentje zegt: mzzl
Niccky zegt: later
Edelsteentje zegt: laterzzz

Ja, ze stonden erop! Wauw, dat was wel bijzonder om jezelf op internet te zien. En íédereen kon hen daar dus zien! Ze hadden echt mooie foto's. Dat zei iedereen. Beetje artistiek ook wel, zoals een jongen opmerkte. Compliment voor Malini!

Hun profiel was verder nogal gewoon, bedacht Jade ineens een beetje onzeker. Och, zij waren tenslotte heel gewone meiden, met heel gewone leventjes. Daar had ze nog over nagedacht: ze hadden niks bijzonders te melden. Nou ja, Malini met haar Indonesische afkomst, die had nog iets speciaals te vertellen vanwege haar adoptie. Maar zij? Een vader, een moeder – niet eens gescheiden –, een broer, school, vriendinnen. Ze wilde eigenlijk wel graag bijzonder zijn.

En nu hadden ze opvallende, dus bijzondere foto's. Ze hadden direct al stemmen gekregen! Malini wel meer dan zij. Logisch. Maar zij had toch ook al punten gekregen! Ook al waren zijzelf enthousiast geweest over de foto's, Jade was toch wel verbaasd.

```
Edelsteentje zegt: heey sacha!
Jongens zijn lucht voor me... en zonder lucht
kan ik niet leven zegt: heey schat
Edelsteentje zegt: hoessie?
Jongens zijn lucht voor me... en zonder lucht
kan ik niet leven zegt: kut
Edelsteentje zegt: huh?
Jongens zijn lucht voor me... en zonder lucht
kan ik niet leven zegt: regen
Jongens zijn lucht voor me... en zonder lucht
kan ik niet leven zegt: k verveel me
Jongens zijn lucht voor me... en zonder lucht
kan ik niet leven zegt: t is altijd zo saai
bij mn vader
Edelsteentje zegt: och jij
Jongens zijn lucht voor me... en zonder lucht
kan ik niet leven zegt: k heb niks te doen
Edelsteentje zegt: arme jij
Jongens zijn lucht voor me... en zonder lucht
kan ik niet leven zegt: en ik snoep dus te
veel
Edelsteentje zegt: ga je niet mee naar het
zwembad dan?
```

Jongens zijn lucht voor me... en zonder lucht
kan ik niet leven zegt: jawel
Edelsteentje zegt: lijkt mij wel tof een pa
die badmeester is. gratis zwemmen
Jongens zijn lucht voor me... en zonder lucht
kan ik niet leven zegt: is okeey, is leuk
Jongens zijn lucht voor me... en zonder lucht
kan ik niet leven zegt: maar niet de hele dag
Edelsteentje zegt: al leuke jongens ontmoet?
Jongens zijn lucht voor me... en zonder lucht
kan ik niet leven zegt: ik kijk niet om me
heen als ik in badpak ben
Edelsteentje zegt: snap ik niet
Jongens zijn lucht voor me... en zonder lucht
kan ik niet leven zegt: ze zien mij niet, ze
zien alleen m'n vetrollen. dus kijk ik niet
terug
Edelsteentje zegt: valt wel mee
Jongens zijn lucht voor me... en zonder lucht
kan ik niet leven zegt: valt niet mee
Edelsteentje zegt: de binnenkant is ook
belangrijk
Jongens zijn lucht voor me... en zonder lucht
kan ik niet leven zegt: weet ik wel
Jongens zijn lucht voor me... en zonder lucht
kan ik niet leven zegt: maar ja
Edelsteentje zegt: toch is het zo
Jongens zijn lucht voor me... en zonder lucht
kan ik niet leven zegt: gelukkig hebben ze msn
uitgevonden

18

Jongens zijn lucht voor me... en zonder lucht
kan ik niet leven zegt: daardoor overleef ik
wel
Edelsteentje zegt: heb je sugababes gezien?
Jongens zijn lucht voor me... en zonder lucht
kan ik niet leven zegt: ya
Edelsteentje zegt: staan wij op
Edelsteentje zegt: malini en ik
Jongens zijn lucht voor me... en zonder lucht
kan ik niet leven zegt: heb t gezien. te gek
Edelsteentje zegt: ja
Jongens zijn lucht voor me... en zonder lucht
kan ik niet leven zegt: malini heeft al veel
stemmen
Edelsteentje zegt: ja. leuk voor haar ☺
Jongens zijn lucht voor me... en zonder lucht
kan ik niet leven zegt: ik ga op jou stemmen
Edelsteentje zegt: kan niet. je moet er eerst
zelf op staan
Edelsteentje zegt: jullie moeten ook maar een
profiel aanmaken
Edelsteentje zegt: malini maakt mooie fotoos
Jongens zijn lucht voor me... en zonder lucht
kan ik niet leven zegt: als ik weer bij mn ma
ben
Jongens zijn lucht voor me... en zonder lucht
kan ik niet leven zegt: nou kga. doei
Edelsteentje zegt: laterzzz

Wat ging dat snel met de punten en de vele berichtjes bij Malini! Twee dagen op Sugababes en moet je zien! Als een raket zo snel. Bij haar veel minder, maar ze kreeg ook leuke reacties.

Nou ja, het was vakantie natuurlijk. Vakantie met slecht weer. En het was leuk op de site. Jade deed nu met alles mee. Chatten, berichtjes sturen, op anderen stemmen, meepraten op het forum. Ze kreeg veel kudos omdat ze zo vaak online was en kon dus veel punten weggeven.

Maar *zij* had een heel bijzondere reactie. Van Zuper-Zound. Jade kon niet nalaten die steeds weer op te zoeken en te lezen: 'mijn dag was in één klap goed. mijn humeur kon niet meer stuk. alleen door jou.' En hij had ook nog geschreven: 'edelsteentje, ik geef je al mijn kudos.'

Dat was gisteren. En vanochtend had hij het volgende berichtje gestuurd: 'ik ben de dag begonnen met een blik op het mooiste meisje.' En net las ze: 'ik droom van jou. door jouw aanwezigheid is mijn computer veel meer waard geworden.' Dat ging over haar!

Ze had hem opgezocht bij de superdudes, hij had grappige, halve foto's geplaatst. Stukjes gezicht dus eigenlijk. Een oog, een neus, een mond. Voor zover ze kon zien, was hij ietsje ouder dan zij en zag hij er niet onaardig uit. Maakte niet uit, ze had een aanbidder!

Jade was er de hele dag mee bezig. Steeds was er weer wat nieuws te zien en te lezen. Ze vermaakte zich er prima mee.

Edelsteentje zegt: hai lian, ben je er eindelijk?

Sunshine zegt: ha jade
Edelsteentje zegt: hai
Edelsteentje zegt: moet je zo veel werken?
Sunshine zegt: ja
Edelsteentje zegt: vanavond ook weer?
Sunshine zegt: yes
Edelsteentje zegt: heb je sugababes gezien
Sunshine zegt: mooi staan jullie erop
Edelsteentje zegt: mijn moeder vindt het maar
niks
Edelsteentje zegt: ik moest het eraf halen
Edelsteentje zegt: ooit zoiets stoms gehoord?
Sunshine zegt: neej, belachelijk
Edelsteentje zegt: middeleeuws
Sunshine zegt: en je vader?
Edelsteentje zegt: die is trots
Sunshine zegt: jullie staan er super op
Sunshine zegt: te gekke reacties
Sunshine zegt: vooral die ene
Edelsteentje zegt: ja hè
Edelsteentje zegt: de mooiste foto's staan niet
eens op sugababes
Sunshine zegt: nee?
Edelsteentje zegt: die hebben we privee bewaard
Edelsteentje: jij en sacha mogen ze zien
Sunshine zegt: ben benieuwd
Edelsteentje zegt: kom je vanavond ook?
Sunshine zegt: moet weer meehelpen van mijn
ouders
Sunshine: drukke tijd, zeggen mijn ouders, veel

21

```
toeristen die willen eten
Edelsteentje zegt: daarna dan?
Sunshine zegt: doe ik
Edelsteentje zegt: bij Malini thuis
Sunshine zegt: okay
Edelsteentje zegt: laterzzz
Sunshine zegt: suc6 met sugababes
```

Dat lukte heel goed. Gelukkig stond haar computer op haar kamer, dus als zij haar mond er maar over hield, had haar moeder niet in de gaten dat ze er de hele dag achter zat. Jade wilde niks missen van alle reacties. Ze hield een weblog bij – al had ze niets bijzonders te melden – en was helemaal gelukkig met de invulling van haar meivakantie.

En haar moeder had dus gisteravond echt gezegd dat ze het eraf moest halen. Ze vond het dubbel niks.

Vol enthousiasme had Jade de site aan haar ouders laten zien. Haar moeder had geschrokken gereageerd: 'Je laat alles van jezelf aan iedereen zien!' Het leek op jezelf etaleren, vond haar moeder, hoerig noemde ze het.

Nou ja! Haar moeder snapte het gewoon niet.

Jade had heel erg haar best gedaan haar moeder uit te leggen hoe het zat. 'Het gaat om de lol. We praten met elkaar. Het is een soort spel. Er zijn regels wat wel en niet mag. Er is iemand die in de gaten houdt wat er gebeurt en kijk, je kunt heel gemakkelijk misbruik melden. En je mag niet meedoen als je geen profiel mét foto op de site hebt gezet.'

'Sommige foto's zijn heel sexy!' had haar moeder verontwaardigd uitgeroepen.

'Een paar maar,' verbeterde Jade haar. 'En ik laat toch niks bloot zien?'

Over die opmerking was Jade stiekem heel tevreden geweest. Ze vond het leuk om zo over te komen.

'Moest er nog bij komen. Goh, de hele wereld kijkt mee!'

'Nou en?'

Haar moeder had haar aangekeken met een blik van: ik snap jou niet.

'Het mág niet eens: bloot,' zei Jade.

'Ik vind ze erg mooi, de foto's,' vond haar vader.

'Jawel, dat zijn ze ook wel,' had haar moeder aarzelend toegegeven. 'Maar…'

Jade had de pagina's laten zien met info voor ouders. Vooral de stukjes over persoonsgegevens en veiligheid had haar moeder met aandacht gelezen.

'Leonne, toe,' had haar vader toen opgemerkt. 'Jade gaat hier heus wel verstandig mee om!'

'Nou, vooruit dan maar.'

En daarmee was de discussie gesloten.

3

Woensdagavond had Jade met haar vriendinnen bij Malini thuis afgesproken. Sacha was terug van haar vader en Lian zou iets later komen, als ze klaar was met werken. Malini's ouders waren niet thuis en ze hadden zich met thee en een koektrommel op de bank in de woonkamer geïnstalleerd. Ze waren met GTST begonnen.

'Vertel, vertel, vertel!' begon Sacha, zodra de eindtune van GTST afgelopen was. 'Hoe komen jullie nu echt aan die mooie foto's?'

Jade wees naar Malini. 'Zij heeft ze heus zelf gemaakt!'

'Dat geloof ik niet.'

Het viel nooit zo erg op, maar Jade dacht dat Malini een kleur kreeg.

'Dank je wel voor het compliment,' zei ze.

Sacha keek haar ongelovig aan. 'Ze zijn écht goed.' Sacha blies met haar onderlip naar voren getuit tegen haar voorhoofd, waar bruine krulletjes kriebelden. Sacha blies heel vaak tegen haar voorhoofd. Dat zag er altijd wel grappig uit.

'Het was leuk, hè Jade?' zei Malini. 'We gaan het nog eens doen, maar dan met jullie erbij.'

'Graag! Zó wil ik ook wel op de foto. Laat de rest eens zien? Want jullie hadden een hele serie en ook heel sexy, tóch?'

'Straks,' zei Malini, 'als Lian er ook is.'

Sacha boog zich voorover naar de koektrommel. Erboven bleef haar hand treuzelen. Toen trok ze hem terug. 'Toch maar niet,' mompelde ze.

'Neem toch!' spoorde Malini haar aan.

Sacha keek haar aan en boog zich weer naar voren. 'Eentje dan.' Ze pakte er drie.

Jade lachte. 'Jij kunt niet tellen!'

Sacha keek naar haar hand met de koekjes en zuchtte. 'Hoe doen jullie dat toch?'

'Wat?' vroeg Malini onschuldig.

Sacha pakte een van de kussens die op de bank lagen en gooide die naar Malini's hoofd. Dat was waarschijnlijk de bedoeling, maar in plaats van Malini te raken, landde het kussen te vroeg en nam een vol glas thee mee in zijn val.

'Shit!' Sacha sprong op. 'Sorry, dat was niet de bedoeling.'

'Geeft niet,' zei Malini en verdween naar de keuken voor een doekje.

Het was een teer punt, wist Jade, Sacha's gewicht.

'Het is oneerlijk verdeeld, hè, in de wereld,' zei ze bij wijze van troost.

Terwijl Malini en Sacha in de weer waren met thee deppen, klonk de bel.

'Daar zul je Lian hebben.' Jade stond op om de deur open te doen.

'Eindelijk een keer klaar met werken?' begroette ze Lian.

Die lachte, zodat haar ogen smalle strepen werden. 'Geeft niet. Ik verdien ermee.'

In de kamer werd ze door de andere twee begroet. 'Ha

Lian. Je leeft dus nog!' riep Sacha. 'We hebben je een eeuwigheid niet gezien!'

Malini trok een pruillip. 'Zo! Ik voel me verwaarloosd.'

Maar ze wisten alle drie dat Lian er niet onderuit kon om in het Chinese restaurant van haar ouders te helpen. En die verdiensten vielen nogal tegen, had Lian Jade een keer toevertrouwd.

'Ik heb ook veel getraind deze week!' vulde Lian aan.

'In je vakantie...' zei Sacha en blies het haar uit haar gezicht. 'Waar je zin in hebt.'

Lian grijnsde. 'Dat waren extra trainingen. Voor de voorstelling. Die is volgende maand al.'

Fanatiekeling! Jade keek naar het gespierde lijf van Lian. Was ze alweer steviger geworden? Lian zat op circusschool. Ze trainde vaak. Ze had talent. Ze kon de gekste dingen: jongleren terwijl ze op een grote bal liep, ze kon over een touw lopen zonder eraf te vallen en dan intussen van alles opgooien én opvangen, ze kon fietsen op een eenwieler, maar ze was vooral goed in acrobatiek. Ooit ga ik hier weg, zei ze altijd, om te reizen en wat van de wereld te zien. Misschien wel met het echte circus mee, voegde ze er dan dromerig aan toe.

Jade keek naar haar vriendinnen. De een zo Hollands als maar kan, de andere allebei uit Azië afkomstig, maar zo verschillend van elkaar. Waar Malini fijntjes en lang was, was Lian kort en fors. Eén bonk spieren eigenlijk. Al vanaf de brugklas trokken ze met elkaar op.

'De thee is op,' zei Malini. 'Wil je wat anders drinken?'

'Water.'

Lian dronk nooit fris, maar niet vanwege de calorieën,

want ze deed zich tegoed aan de koekjes. Ze kletsten elkaar bij over de gebeurtenissen van die week. Al hadden ze ge-beld, ge-sms't en ge-msn'd, live moest het altijd weer over.

Sacha riep: 'Nu de foto's!'

Malini stond op om de computer van haar ouders aan te zetten. De camera lag al klaar. Ze schoven de eetka-merstoelen eromheen en Lian en Sacha riepen allebei: 'O, wat móói, wat goed, wat een prachtige foto's! Jullie lijken echte modellen, hé!'

'En deze!' Sacha floot tussen haar tanden. 'Een heuse chick ben je hier.'

'Sexy, hoor!' vond ook Lian.

'Volgens Malini heet dat een vamp,' zei Jade. 'Een ver-leidelijke vrouw.'

'Ja,' zei Malini. 'Zo noemt mijn moeder dat. Ik vind het wel een mooi woord.'

'Een vamp?' Sacha trok een denkrimpel. 'Waar heb ik dat nou gelezen? Weet je wel wat een V.A.M.P. is? Met hoofdletters?'

'O ja!' riep Lian. 'Die ken ik!'

'Wat betekent dat dan?' vroeg Jade.

'Een Video Audio Msn Perfectionist.'

'Ja,' vulde Lian aan. 'Als je voor de webcam gaat zitten, hoe je dan op je mooist eruit kan zien.'

Die kende Jade niet. Ze lachte. 'Grappig.'

'En ik las dus ergens op internet tips over hoe je dat kan zijn, een V.A.M.P.,' voegde Sacha eraan toe.

'Waar dan?' wilde Malini weten.

Sacha fronste haar voorhoofd. 'Dat weet ik dus niet meer,' zei ze. 'Maar ik zal er nog eens naar zoeken.'

De computer ging uit en ze zapten nu langs de verschillende muziekzenders.

'Weet je wat mij altijd opvalt?' zei Sacha na een tijdje.
'Dat van vrouwen veel vaker een stukje bloot te zien is
dan van mannen.'

'Ja, jammer, hè?' zei Malini.

'Ja!' Dat vond Sacha ook.

'Is dat zo?' vroeg Jade zich af.

'Kijk dan,' wees Lian, 'en ze gedragen zich ook veel uit-
dagender.'

'Als een echte vamp!' gooide Jade ertussendoor.

Ze lachten.

'Dat hoort toch zo?' zei Malini. 'Zij moet mooi zijn en
zich laten zien. Zij moet hem verleiden. Wat doen al die
babes rondom 50 Cent als die staat te zingen?! Ze dagen
hem uit.'

Sacha ging staan en wees op de tv, waar een blondine
met haar heupen schudde en met haar handen strelend langs
haar eigen halfnaakte lichaam gleed. Sacha bootste de bewegingen na. Ook Lian en Malini waren opgesprongen om
met hun lijven te gaan kronkelen. Jade lachte.

Toen ze weer zaten, zei Malini peinzend: 'Uitdagen en
dan seks hebben.'

'Ja,' zei Sacha, 'daar gaat het wel vaak over, hè, in die
clips.'

'De echte seks zie je jammer genoeg niet,' zei Lian.

Sacha schudde haar hoofd. 'Soms wel, en bij sommige
soaps ook.'

Malini lachte. 'Je sexy gedragen,' zei ze weer. 'In al die
soaps zie je dat toch? Dat is onze rol.'

'Onze?' vroeg Sacha met klem. 'Ik weet niet, hoor.'

Jade wierp op: 'Ik vind vrouwen vaak zo... zo... Hoe zeg je dat? Alsof ze er alleen maar zijn voor die mannen. Kijk, hier ben ik! Pak me maar.'

'Vinden mannen lekker, joh,' zei Malini eigenwijs, 'als vrouwen een beetje onderdanig zijn.'

Sacha snoof. 'Jeetje, alsof jij er verstand van hebt.'

Malini pakte de afstandsbediening. 'We gaan even zappen, jongens, kijken of we wat seks kunnen vinden.' Ze gingen de verschillende kanalen langs. Er kwamen inderdaad een paar seksscènes voorbij.

'Al die vrouwen die seks hebben zijn jong en mooi en strak,' zei Sacha met haar blik op de tv gericht. 'Niet echt de werkelijkheid.'

Lian knikte. 'Zie je dat? Ze komen elkaar tegen en duiken, hop, gelijk het bed in.'

'In het echt is dat anders, hoor, veel romantischer,' zei Sacha beslist.

Dat kon zij niet uit eigen ervaring weten, wist Jade. Zijzelf trouwens ook niet. Van hen vieren had alleen Malini ervaring met jongens.

'Zouden ze nou ook echt van elkaar houden?' vroeg Jade.

'Toe nou, meiden, daar gaat het toch niet om in clips en deze films?' Malini klonk echt verontwaardigd.

'Waarom dan wel?' Jade en Sacha vroegen het tegelijkertijd.

'Seks! Het gaat allemaal om de seks!'

'Het ziet er ingewikkeld uit,' zei Lian ineens.

De andere drie moesten daar erg om lachen.

'We kunnen er nog wat van leren,' vond Malini.

Jade kreunde. 'Nee, hè?'

'In het echt gaat het niet alleen om de seks, hoor,' zei Sacha beslist. 'In het echt gaat het heus wel om de liefde.'

Het viel stil. Ze keken elkaar aan.

'Ja,' zei Jade voorzichtig. 'In het echt is het anders. In het echt gaat het anders met relaties en liefde en zo.'

'Oké,' gaf Malini toe. 'Ik denk dat je misschien wel gelijk hebt.'

'Maar hoe precies dan?' Jade vroeg het zich hardop af.

Niemand zei iets. Ze keken elkaar aan. Daarna richtten ze hun blik weer op de tv.

'Laten we nog even verder zappen,' stelde Malini voor.

4

ZuperZound zegt: ben jij dat, edelsteentje?
Edelsteentje zegt: yes
ZuperZound zegt: ben jij dat echt?
Edelsteentje zegt: yes its me
ZuperZound zegt: hai
Edelsteentje zegt: heey
ZuperZound zegt: ik zag je fotoos
Edelsteentje zegt: ja
ZuperZound zegt: mooie fotoos
Edelsteentje zegt: dankje
ZuperZound zegt: ik droom
Edelsteentje zegt: hoezo?
ZuperZound zegt: wat voor dag is het vandaag?
Edelsteentje zegt: donderdag
Edelsteentje zegt: hoezo?
ZuperZound zegt: ik ben even van de wereld
ZuperZound zegt: ik ben verwonderd
ZuperZound zegt: ik wilde chatten met jou
ZuperZound zegt: en je bent er
Edelsteentje zegt: ja
ZuperZound zegt: je hebt echt de mooiste
fotoos
Edelsteentje zegt: vast niet
ZuperZound zegt: voor mij wel

ZuperZound zegt: echt de mooiste fotoos
ZuperZound zegt: ben je model?
Edelsteentje zegt: nee
ZuperZound zegt: wel. ze zijn oogstrelend
Edelsteentje zegt: neehee
ZuperZound zegt: zijn ze gemaakt door een
fotograaf?
Edelsteentje zegt: door een vriendin
ZuperZound zegt: ben je het zelf?
Edelsteentje zegt: tuurlijk
ZuperZound zegt: echt?
ZuperZound zegt: en je bent geen model?
Edelsteentje zegt: nee
ZuperZound zegt: je zou het moeten zijn
ZuperZound zegt: je zou het kunnen zijn
Edelsteentje zegt: dank je wel
ZuperZound zegt: wat doe je dan
Edelsteentje zegt: vakantie!!!
ZuperZound zegt: ja maar anders
Edelsteentje zegt: school
ZuperZound zegt: leuk?
Edelsteentje zegt: beetje. jij?
ZuperZound zegt: ook school
Edelsteentje zegt: hoe oud ben je?
ZuperZound zegt: 17. en jij?
Edelsteentje: 15. in welk deel van nederland
woon je?
ZuperZound zegt: randstad
Edelsteentje: vind je school leuk?
ZuperZound zegt: niet echt. dit is leuker

ZuperZound zegt: jou ontmoeten
ZuperZound zegt: praten met jou
Edelsteentje zegt: vind ik ook leuk
ZuperZound zegt: en later? model?
Edelsteentje zegt: neehee. iets met oude mensen
misschien
ZuperZound zegt: leuk
ZuperZound zegt: heb je veel geduld?
Edelsteentje zegt: hoezo?
ZuperZound zegt: ik denk dat je dat moet
hebben met oude want langzame mensen
Edelsteentje zegt: soms heb ik geduld
ZuperZound zegt: ik ben heel ongeduldig
Edelsteentje zegt: ja?
ZuperZound zegt: ik was zo ongeduldig jou te
ontmoeten
ZuperZound zegt: je hebt indruk op mij gemaakt
Edelsteentje zegt: o
ZuperZound zegt: ja, je bent bijzonder
Edelsteentje zegt: ☺
Edelsteentje zegt: waarom?
ZuperZound zegt: ik voel het. ik ga dat
bewijzen
ZuperZound zegt: ik ga dat allemaal nog
ontdekken
Edelsteentje zegt: hoezo?
ZuperZound zegt: ik ga je leren kennen
ZuperZound zegt: je bent mijn expeditie
Edelsteentje zegt: huh?
ZuperZound zegt: vaker samen chatten?

Edelsteentje zegt: ja maar ik moet nu weg
ZuperZound zegt: vanmiddag weer?
Edelsteentje zegt: oké
ZuperZound zegt: ben nu al ongeduldig
ZuperZound zegt: bye

Edelsteentje zegt: heey
ZuperZound zegt: ben je daar eindelijk
Edelsteentje zegt: hoezo?
ZuperZound zegt: heb de hele middag op je
gewacht
Edelsteentje zegt: o
Edelsteentje zegt: we hadden toch afgesproken
Edelsteentje zegt: ik moest mijn moeder helpen
stofzuigen
ZuperZound zegt: ik droom van je
Edelsteentje zegt: iedereen leest mee hoor
ZuperZound zegt: geeft niks
ZuperZound zegt: wat heb je gedaan zonet?
Edelsteentje zegt: zei ik al, stofzuigen,
schoonmaken
Edelsteentje zegt: en met mijn moeder
boodschappen gedaan
ZuperZound zegt: vind jij dat leuk?
Edelsteentje zegt: ja vind ik leuk
ZuperZound zegt: wat hebben jullie gekocht?
Edelsteentje zegt: ja duh
Edelsteentje zegt: wat doe jij?
ZuperZound zegt: praten met een leuk meisje
Edelsteentje zegt: wat deed jij hiervoor bedoel
ik

34

ZuperZound zegt: ook computeren
ZuperZound zegt: muziek downloaden
Edelsteentje zegt: wat zijn je hobby's?
ZuperZound zegt: computer en muziek, dus
ZuperZound zegt: en die van jou?
Edelsteentje zegt: ook, en tv kijken
ZuperZound zegt: goh
Edelsteentje zegt: wat?
ZuperZound zegt: zelfde interesse
Edelsteentje zegt: ja
ZuperZound zegt: welke muziek hou je van?
Edelsteentje zegt: top-40
ZuperZound zegt: das toevallig, ik ook
ZuperZound zegt: en ik heb een nieuwe
interesse
Edelsteentje zegt: welke dan?
ZuperZound zegt: dromen over kostbare stenen
Edelsteentje zegt: joh iedereen leest mee
ZuperZound zegt: zei je net ook
ZuperZound zegt: nou en
ZuperZound zegt: iedereen mag het weten
ZuperZound zegt: ik heb een aardig meisje
ontmoet
ZuperZound zegt: en ze is nog mooi ook
Edelsteentje zegt: stop maar
ZuperZound zegt: waarmee
Edelsteentje zegt: mijn moeder roept alweer
Edelsteentje zegt: misschien boodschap vergeten
Edelsteentje zegt: kga
ZuperZound zegt: wanneer ben je weer online?

```
Edelsteentje zegt: vanavond?
ZuperZound zegt: ik mis je nu al
Edelsteentje zegt: laterzzz
```

Het was helemaal niet waar, haar moeder had helemaal niet geroepen, maar Jade had even een time-out nodig. Ze had nu twee keer een tijd met ZuperZound gekletst en hij ging maar door met zijn complimenten. Ze kreeg het er warm van. Wel leuk! Heel leuk!

Jade liet de computer aanstaan, stond op van haar bureaustoel en met een zucht liet ze zich achterover op haar bed vallen.

Ze kwam direct weer overeind, zette muziek aan en ging weer liggen, handen onder haar hoofd. Weer zuchtte ze.

Hoe zou hij in het echt heten? Hij was maar iets ouder dan zijzelf, en woonde niet echt in de buurt. Maar dat gaf niet, ze ontmoetten elkaar toch alleen maar in de chatbox. Hij zat dus ook op school, in welke klas zou hij zitten? Dat hing er vanaf welke school hij deed. Hij kon al op het mbo zitten, zoals haar broer. Die was nog maar net achttien. Misschien deed hij eindexamen havo, misschien deed hij vwo... Hij gebruikte best mooie woorden... Hoe was het ook alweer? Je bent mijn expeditie... En mijn hobby is dromen over kostbare stenen. Ja, het zou best kunnen dat hij op het vwo zat. En die jongen had belangstelling voor haar!

Jade zuchtte nog maar een keer.

5

School was weer begonnen. Jade had er enorm tegen op-
gezien, waarom wist ze niet eens precies, maar al na het
tweede uur was het of er geen meivakantie tussen had gezeten. Met Sacha samen liep ze van lokaal naar lokaal. Malini en Lian, die allebei een andere sector hadden gekozen, zagen ze alleen in de pauze. En na schooltijd, toen ze
nog een tijd op het plein waren blijven hangen. En weer
thuis op msn.

Daarna was het toch echt tijd om huiswerk te maken.
Ze had haar tas leeg gekieperd op het bed en haar agenda uitvoerig bestudeerd om in haar hoofd te zetten wat
ze zoal moest doen komende week. Shit! Dat was ook
zo: boek voor Nederlands lezen! Vrijdag leesverslag inleveren!

Jade kreunde. Ze hield best van lezen, maar een boekver-
slag maken was altijd een regelrechte ramp. Dat had ze natuurlijk vorige week moeten doen. Eerst maar eens kijken
of ze nog een ongelezen boek had liggen, anders moest ze
ook nog naar de bieb. Jade zuchtte. Of zou ze eerst nog
even…

De aarzeling duurde niet lang. Ze logde in bij sugaba-
bes.nl en zag direct dat ZuperZound online was. Yes!

Ze had haar vriendinnen over ZuperZound verteld.

'O, die romantische ziel!' had Sacha direct uitgeroepen.

Jade lachte. 'Heb je zijn berichten gelezen?'

'Ik volg jullie stijging richting top-50 helemaal!'

'Ik niet, hoor! Malini, díé komt in de top-50 terecht.'

En ik stijg niet, dacht Jade, ik zweef. Ze glimlachte. Ze was sinds vorige week donderdag aldoor met ZuperZound aan het chatten. Geweldig!

Het was ook niet niks als een jongen aandacht voor jou had. Het was voor het eerst. Ze had zo vaak gehoopt dat het gebeuren zou, ze droomde er vaak over! Dan zag je dat om je heen gebeuren: jongens en meiden die verkering kregen, stelletjes die stonden te zoenen of in de disco aan het flirten waren. Zij wilde dat ook! In gedachten had ze het al heel vaak gefantaseerd, maar in het echt had je daar dus wel een jongen voor nodig. Ze was wel een keer verliefd geweest. Maar Jop heeft het nooit geweten. Hij was veel te knap voor haar! Hij zag haar niet staan, hij merkte haar niet op, hij zou haar afgewezen hebben als ze moeite voor hem had gedaan. Dus was ze in stilte verliefd en had ze in stilte geleden.

En nu had ze dan zomaar onverwacht toch iemand ontmoet die haar leuk vond. En zij hem natuurlijk. Ze vond hem bijzonder om zijn woorden en zijn grapjes. En zo makkelijk als het ging! Ze hoefde niet verlegen te zijn, ze hoefde niet onzeker te zijn. Ze vertelden elkaar alle gewone dingen van hun leven: school, vakken, hobby's, lievelingseten, favoriete tv-programma's, ouders, broers, zussen, hun vakanties, hun dromen. Maar ze voerden ook heel speciale gesprekken.

'Dag meisje van mijn dromen, ben je daar? Leef je in de wolken of schijnt de zon daar bij jou?'

Dan glimlachte Jade. Wat een aparte jongen was hij toch! Natuurlijk was ze in de wolken!

'Wat wil je als je zo'n leuk iemand ontmoet?' schreef ze terug. Het was het eerste complimentje dat ze hém gaf. Het voelde nog wat onwennig.

'Heb je het over mij? Ik ben maar een heel gewone jongen. Jij inspireert mij. Jij laat mij dit allemaal zeggen.'

'Ik ben ook maar heel gewoon,' antwoordde Jade.

'Geloof ik niet. Je foto. De onbetaalbare blik in je ogen. Dat alles zegt iets heel anders. Het is fijn om met je te praten.'

ZuperZound zei dat steeds. Gaf steeds complimentjes. Maar er waren aldoor van die zogenaamde leukerds die zich bemoeiden met hun gesprekken, dan kwamen er flauwe opmerkingen tussendoor.

Daarom verbaasde het Jade niet dat ZuperZound op een gegeven moment vroeg: 'Lieve sugababe, ik heb behoefte aan een beetje privacy. Kunnen we niet privee kletsen, msn'en dus?'

Jade aarzelde niet. ZuperZound was oké. ZuperZound was leuk. Ze wilde hiermee doorgaan. Ze wisselden e-mailadressen uit en Jade voegde hem toe aan msn.

'Mooi, nu kan niemand meer meelezen,' typte ze.

'Edele steen, wat fijn dat jij nu alleen voor mij er bent. Je schittert, je bent een lust voor het oog.'

'Jij laat mij schitteren,' durfde Jade terug te schrijven.

'Edelsteentje, wat is je echte naam? Mag ik die nu weten?'

'Edelsteentje is al bijna mijn echte naam...' Jades vingers bleven boven het toetsenbord hangen. In een flits schoten een aantal gedachten door haar heen. Hij had nu haar e-mailadres en dan ook nog haar naam? Hij was misschien niet wie hij zei te zijn. Dat kon. Hij kon zomaar iemand ánders zijn.

Jade haalde haar neus op. So what? Maakte het dat anders? Deed het ertoe wie hij was? Ging het niet meer om wat tussen hen heen en weer ging?

En ze gaf geen huisadres, zij sprak niets af, alleen een naam. Ze hield zich gewoon aan de regels. Want wie zei dat Jade haar echte naam was? En als hij straks zijn naam noemde, kon hij in het echt best Jesse of Arnaud heten, of John of Ahmed.

Wat hij allemaal zei... Dat verzon je toch niet zomaar? Daar moesten echte gevoelens achter zitten. En waarom zou hij niet eerlijk zijn? Waarom zou je zoiets faken? Nee, hij was eerlijk. Hij was romantisch. Hij was... Zuper!

Zou zij een nieuwe nickname bedenken? Nee, ze wilde dit als zichzelf meemaken. Ze verstuurde haar naam en wachtte af.

Zijn antwoord kwam snel. 'Jade, je bent net zo mooi als je naam, aantrekkelijk als een edelsteen.'

Hij wist de betekenis van haar naam! Wat leuk! Zie je wel? Dit kon niet verkeerd zijn. Jade dacht nog na over een passende reactie toen haar computer alweer aangaf dat hij opnieuw iets geschreven had.

'Kostbaar en mooi van vorm,' stond op het scherm te lezen. 'Heb je ook groene ogen?'

'Nee, blauwe. En hoe heet jij?'

'ZuperZound heet Yoram.'

'Ook een mooie naam!'

Het was prettig ongestoord te kunnen chatten. De tijd ging snel. Te snel.

'Hé Yoram, ik moet nog leren,' schreef Jade tegen haar zin. 'Ik moet stoppen. Maar wij zijn verbonden via onzichtbare draden in de lucht. BBN.'

Zo, zij kon het ook! Maar hij was kampioen. Jade kocht een mooi groen opschrijfboekje en schreef daar al zijn complimenten in op.

'Kostbare steen, wat ben jij mooi.'

'Mooi meisje, je bent een sieraad voor mijn computer.'

'Je bent een heus kunstwerk. Van mij krijg jij de eerste prijs.'

Die week kwam ze 's avonds steeds pas laat aan haar huiswerk toe. En haar leesverslag moest ook nog af. Die scharrelde ze op scholieren.com bij elkaar. De rest raffelde ze af. Als ze dan eindelijk in bed lag, was het vaak al twaalf uur. Maar slapen kon ze niet, Yoram stuwde haar bloed onrustig door haar lijf, dat ervan begon te tintelen.

6

Op het moment dat Jade zaterdagmiddag haar computer aanzette, schoot het haar te binnen: ze was al een tijdje niet bij haar oma geweest. Ze had Hetty verschrikkelijk verwaarloosd! Het riep een acuut schuldgevoel op, dus klikte Jade direct weer op 'uitschakelen', rende de trap af en sprong op haar fiets.

Ze hoefde niet ver te rijden. Haar oma woonde een paar straten achter hen, aan de rand van het centrum, naast het park. Ze woonde op de vierde woonlaag van de nieuwe appartementen die daar een paar jaar geleden gebouwd waren. Daar had ze alles gelijkvloers. Alvast handig voor later, zei ze altijd. Want nu had ze dat nog niet nodig. Hetty was jong, fit en modern voor een oma.

Ze werkte ook nog. En ze had het druk met vrijwilligerswerk en haar vele cursussen, dus het kwam nogal eens voor dat Jade voor een dichte deur stond. Dat gaf niets, dan maakte ze een praatje met wie ze maar tegenkwam en ging ze weer terug naar huis.

Maar nu was Hetty er wel. Toen Jade kwam aanfietsen, zag ze oma op het balkon bezig met de planten. Dat was wel een typische omabezigheid, grinnikte Jade in zichzelf. Ze liet haar fietsbel rinkelen en zwaaide.

Jade zette haar fiets op slot en liep het appartementencomplex in. Ze nam de trap naar boven. Hetty's voordeur stond al op een kier.

'Hallo!' galmde Jade terwijl ze de gang in stapte.

Met haar handen zwart van de tuinaarde kwam oma aangelopen. Ze begroetten elkaar met drie zoenen, waarbij Hetty haar handen in de lucht gestoken hield.

Jade zei snel: 'Ik ben niet ziek geweest, ik was niet depressief, ik had het druk met andere dingen.'

Hetty lachte. 'Meid, al kom je een maand niet. Ik zit echt niet op je te wachten, hoor!'

Jade trok een gezicht of ze daarin teleurgesteld was.

'Maar ik vind het gezellig dat je er bent,' stelde haar oma haar gerust. 'Ik was bijna klaar met de plantjes, die maak ik eerst even af, dan zet ik thee.'

Jade liep mee naar het balkon waar een laatste doos viooltjes wachtte op de verhuizing naar de potten en de bakken. Ze genoot even van het uitzicht over de stad en de bloeiende kastanjes in het park. Wat woonde haar oma hier toch mooi!

'Ik ga wel vast thee zetten,' zei ze toen.

Een kwartier later deden ze zich tegoed aan thee en chocolaatjes.

'Dus, druk?' vroeg Hetty.

Jade had haar mond net vol, dus knikte ze. Tegelijk voelde ze het bloed al naar haar wangen stromen. Voor oma kon ze niks verborgen houden, die kende haar zowat beter dan haar eigen moeder.

'Maar niet met school en je oppasbaantje?'

Zie je wel? Al was die vraag volkomen logisch, want in de meivakantie was ze hier maar één keer geweest, alleen op die verregende Koninginnedag om te schuilen.

'Ik heb met Malini een profiel aangemaakt op een site.

Sugababes heet die site. Daar kun je met elkaar chatten en elkaar ook punten geven en zo. Daar ben ik steeds geweest in de vakantie en afgelopen week. En daar heb ik een jongen ontmoet waar ik nu mee klets.'

'Ho! Wacht even.'

Jade zag al aan het gezicht van haar oma dat ze haar niet begreep.

'Dat moet je me even uitleggen,' zei ze dan ook.

Jade sprong op. 'Ik laat het wel even zien. Dat is gemakkelijker.'

Hetty hield haar tegen. 'Graag, maar wacht even, ik wil mijn thee warm drinken.'

'Oké.' Jade pakte haar eigen kopje en blies erin.

''t Gaat op school nog steeds goed?' wilde haar oma intussen weten.

Alleen geschiedenis vond ze moeilijk, vertelde Jade, de rest ging best eigenlijk.

Toen hun thee op was, liepen ze naar de computer. Jade was eigenlijk best trots op haar oma: die had niet alleen een computer in huis, ze kon er ook van alles mee nadat ze vorig jaar een cursus had gedaan. Maar haar kennis reikte dus niet zo ver dat ze precies wist wat chatten was.

Terwijl Jade de computer opstartte, vertelde ze over de foto's die Malini en zij hadden gemaakt. Daarna logde ze in bij sugababes.nl. Ze wees op alles wat je er kon doen en trots liet ze de foto's zien.

Hetty riep niet, zoals Jades moeder, dat ze het hoerig vond of zoiets. Ze was op de een of andere manier veel soepeler, vond Jade. Oma vond ze gewoon mooi. Maar ze zei wel: 'Dus als ik het goed begrijp zoeken jullie elkaar op, op zo'n site, en praten jullie met elkaar en zeggen jullie wat jullie van elkaar vinden. En dus niet in het echt. Jullie kennen elkaar niet.'

'Nee, maar dat hoeft ook niet,' zei Jade.

'Nee?' Hetty trok haar wenkbrauw vragend op.

'Nee! We doen heel veel op internet, hoor, dat is heel gewoon tegenwoordig.'

'Wat is daar leuk aan?'

'Nou, je maakt heel gemakkelijk vrienden en je hebt altijd iemand om mee te praten. Je hoeft eigenlijk niet meer eenzaam te zijn. Ik heb honderdvijftig contactpersonen!'

Hetty's ogen werden groot van verbazing. 'Hoeveel?'

'Ik kan als ik wil met honderdvijftig mensen praten.'

'Tegelijk?'

'Nee, natuurlijk niet. En via zo'n site...' Jade wees op sugababes.nl, 'kan ik met nog meer luitjes kletsen.'

'Hoe kom je aan al die contactpersonen?'

'O, dat zijn mijn vriendinnen en hún vriendinnen, mijn klasgenoten en daar weer vrienden van. Dat gaat snel, hoor.'

'Die je dus niet allemaal kent.' Hetty sprak de woorden langzaam uit, alsof ze erover na moest denken.

'Nee,' zei Jade, en klikte met de muis. 'Kijk, dit is het profiel van Malini.'

'Het is een knap meisje.' Haar oma was onder de indruk, constateerde Jade. Iedereen was altijd onder de indruk van Malini. Vroeger was ze daar trots op. Trots op haar vriendin, trots dat zij bevriend was met zo'n mooie meid.

'Je kent Malini toch wel?' vroeg Jade.

'Jawel, maar het is alweer een tijdje geleden dat ik haar voor het laatst heb gezien. Ze lijkt hier zo...' Hetty zocht naar woorden.

'Hoe?'

'Volwassen... Geen meisje meer, ze is een jonge vrouw geworden.'

Jade lachte. 'Dat zijn we toch allemaal!'

'Ja. Maar die blik in haar ogen. Zo uitdagend.' Haar oma hield haar hoofd schuin en wreef even met haar rechterwijsvinger over haar slaap. 'Er zijn er veel meer die dat vinden. Ze heeft veel punten,' ging ze verder.

Ze had het snel door! Jade voelde haar keel dik worden. Er leek plotseling een stekelig iets in de weg te zitten, zoiets als een kastanje met zijn bolster, en ze slikte en slikte, en het prikte gemeen, maar ze kreeg het niet weg.

Hetty keek haar van opzij met een onderzoekende blik aan. Ze legde een hand op Jades schouder.

'Je bent toch niet jaloers?'

Jades keel zat op slot, dus ze knikte kort. Tot overmaat van ramp ontsnapte een traan uit haar linkerooghoek. Hè, wat stom, ze had even geen controle meer over zichzelf.

Nu legde haar oma haar hand even in Jades nek. 'Je weet toch wel dat iedereen zijn kwaliteiten heeft? De een heeft dit, de ander kan dat.'

'Weet ik wel.' Jade perste de woorden langs de kastanje in haar keel.

Daarna veegde ze snel langs haar wang. 'En ik heb iets anders leuks.' Jade schraapte haar keel. De kastanje werd zacht en loste op toen ze over Yoram vertelde. Ze liet zijn profiel met de fotoflarden op superdudes.nl zien.

'Dus je hebt die jongen ontmoet op de site en nu praten jullie met elkaar via de computer.'

Jade zag dat haar oma haar best deed dit alles te volgen. Daarna stond ze op om nieuwe thee te halen.

Ondertussen activeerde Jade msn op de computer.

'Zal ik laten zien hoe je moet msn'en?' vroeg Jade toen Hetty terug was.

'Heb ik dat ook op mijn computer?' Ze was helemaal verbaasd.

'Je hebt de nieuwste Windows-versie op je computer, en dan kun je het installeren.'

Jade had zichzelf als contactpersoon aangemeld. 'Je kunt nu met mij praten,' grapte ze.

'Ik praat al met jou,' zei Hetty. 'Ik doe dat liever in het echt.'

'Zal ik het je leren?' vroeg Jade weer. 'Dan kun je zien wanneer ik online ben, en kunnen wij ook chatten. Hoef je niet meer zitten te wachten tot ik langskom.' Ze werd helemaal enthousiast door het idee. 'Handig, toch?'

Maar haar oma schudde haar hoofd. 'Nee, ik heb liever dat je zelf langskomt. Dan maar een maand wachten.'

'Twee weken waren het!' protesteerde Jade.

'Ik vind het geweldig om een kleindochter te hebben die me op de hoogte houdt,' verzuchtte Hetty. 'Maar ik wil met jou alleen echt contact, schat.'

7

ZuperZound zegt: hai
Edelsteentje zegt: heey
Edelsteentje zegt: dank je wel voor je e-cards
ZuperZound zegt: speciaal voor het mooiste
meisje
Edelsteentje zegt: er zijn veel mooiere meisjes
ZuperZound zegt: niet voor mij
ZuperZound zegt: hoe ging je proefwerk
geschiedenis?
Edelsteentje zegt: beetje moeilijk
ZuperZound zegt: wel voldoende?
Edelsteentje zegt: kweetniet
Edelsteentje zegt: ik kan het nooit onthouden
Edelsteentje zegt: interesseert me ook niet zo
ZuperZound zegt: t valt vast wel mee
Edelsteentje zegt: ik hoor jou nooit over
proefwerken of cijfers
ZuperZound zegt: heb ik ook hoor
Edelsteentje zegt: moet jij hard werken?
ZuperZound zegt: jij?
Edelsteentje zegt: valt wel mee
ZuperZound zegt: so do I
Edelsteentje zegt: je bent altijd online
ZuperZound zegt: ik wacht altijd op jou

Edelsteentje zegt: moet je nooit leren?
ZuperZound zegt: doe ik tussendoor
ZuperZound zegt: ik kan meer dingen tegelijk
Edelsteentje zegt: dat zou ik ook wel willen
ZuperZound zegt: kwestie van trainen
Edelsteentje zegt: is dat zo?
ZuperZound zegt: je hebt genezende
krachten
Edelsteentje zegt: huh?
ZuperZound zegt: weet je dat wel?
Edelsteentje zegt: huh?
Edelsteentje zegt: ik begrijp je niet
ZuperZound zegt: jade
ZuperZound zegt: ik bedoel je naam
ZuperZound zegt: weet je waar jouw naam
vandaan komt?
Edelsteentje zegt: jade is een edelsteen
ZuperZound zegt: jade komt van het spaanse
piedra de yjada
ZuperZound zegt: dat betekent steen van de zij
ZuperZound zegt: die steen heeft medische
krachten
Edelsteentje zegt: o?
ZuperZound zegt: kan pijn in je zij oplossen
ZuperZound zegt: maar is ook goed tegen
nierklachten
ZuperZound zegt: en tegen reuma
ZuperZound zegt: en jade geeft ook moed
Edelsteentje zegt: hoe weet je dat?
ZuperZound zegt: k heb zitten googelen

ZuperZound zegt: er zit ijzer in jade. dat geeft de groene kleur

Edelsteentje zegt: goh wist ik niet

ZuperZound zegt: China is het jade land

Edelsteentje zegt: ik heb een Chinese vriendin

ZuperZound zegt: jade was het symbool voor de macht van de koning

ZuperZound zegt: later was jade symbool van macht en welvaart

Edelsteentje zegt: haha

ZuperZound zegt: echt waar

Edelsteentje zegt: ik en macht

ZuperZound zegt: wel

Edelsteentje zegt: en al helemaal geen welvaart

Edelsteentje zegt: zou ik wel willen

ZuperZound zegt: je hebt er recht op, jade

ZuperZound zegt: je hebt wel een soort macht over mij

Edelsteentje zegt: huh?

ZuperZound zegt: je hebt me betoverd met je mooie ogen

Edelsteentje zegt: die dus blauw zijn

ZuperZound zegt: mooie blik

ZuperZound zegt: groen sieraad, ik kijk de hele dag naar je

Edelsteentje zegt: huh?

ZuperZound zegt: mijn computer staat de hele dag aan

ZuperZound zegt: met jouw foto beeldgroot

ZuperZound zegt: met jouw foto beeldschoon
Edelsteentje zegt: moet je niet naar school?
ZuperZound zegt: ja maar daarna
ZuperZound zegt: en dan kijk ik naar je
ZuperZound zegt: heb je niet meer foto's?
ZuperZound zegt: anders dan die op sugababes
staan?
Edelsteentje zegt: jawel
ZuperZound zegt: please
Edelsteentje zegt: wat?
ZuperZound zegt: mag ik nog één?
Edelsteentje zegt: waarom?
ZuperZound zegt: waarom vraag je waarom?
ZuperZound zegt: kan ik nog langer van je
dromen
ZuperZound zegt: mineraaltje, weet je dat je
prachtig van vorm bent?
Edelsteentje zegt: huh?
ZuperZound zegt: mineralen zijn edelstenen
Edelsteentje zegt: o
ZuperZound zegt: mineraaltje, minneraaltje
Edelsteentje zegt: huh?
ZuperZound zegt: weet je wat minnen is?
Edelsteentje zegt: nee
ZuperZound zegt: liefhebben
Edelsteentje zegt: ☺
ZuperZound zegt: ik kijk met mijn ogen
ZuperZound zegt: wat ik zie vind ik mooi
ZuperZound zegt: en opwindend
ZuperZound zegt: prachtig gevormd

ZuperZound zegt: ik volg jouw fraaie lijnen
ZuperZound zegt: er is maar één plaats voor
jou: jij moet als sieraad door het leven gaan
Edelsteentje zegt: grapje
ZuperZound zegt: een ring met jade, nee, om
mijn hals. ik draag je op mijn borst
ZuperZound zegt: ik kan je steeds even
aanraken
Edelsteentje zegt: dan ben ik dicht bij je
ZuperZound zegt: ik leg stiekem mijn handen om
jouw vormen
Edelsteentje zegt: mmm
ZuperZound zegt: mooie vormen
ZuperZound zegt: je bent ervoor te worden
bewonderd en aangeraakt
Edelsteentje zegt: ☺
ZuperZound zegt: met nog een foto ben je meer
bij me
ZuperZound zegt: kan ik me beter voorstellen
hoe je bent
ZuperZound zegt: aantrekkelijk, fascinerend,
imposant, kostbaar. dat ben jij
Edelsteentje zegt: je bent veel te positief
over mij
ZuperZound zegt: waarom ben je zo onzeker?
Edelsteentje zegt: ik vind mezelf niet zo mooi
ZuperZound zegt: laat dat maar aan mij over
ZuperZound zegt: stuur me de bewijzen
Edelsteentje zegt: huh?
ZuperZound zegt: meer fotoos

Edelsteentje zegt: ah
ZuperZound zegt: doe je het?
Edelsteentje zegt: okeey
ZuperZound zegt: te gek
Edelsteentje zegt: krijg ik dan ook fotoos van jou?
ZuperZound zegt: goed
Edelsteentje zegt: fijn
Edelsteentje zegt: ik wil ook naar jou kunnen kijken
ZuperZound zegt: tuurlijk
ZuperZound zegt: bye bye now
Edelsteentje zegt: laterzzz

8

Jade stuurde de meest uitdagende foto's die ze had. Drie in totaal. En nadat ze Yorams enthousiaste reactie had ontvangen nog een paar. Er was iemand die naar haar wilde kijken, er was iemand die haar mooi vond.

Een dag later kreeg ze de beloofde foto's van Yoram. Hij was voor een keer niet online, ze kwamen met de mail. Jade hield haar adem in toen ze met haar muis het jpg-bestand open klikte. Het voelde alsof ze een cadeautje had gekregen dat ze nu zenuwachtig uitpakte. Als hij maar niet superlelijk was... Stel je voor...

Het beeldscherm vulde zich met het lachende gezicht van een jongen die recht in de camera keek. Hij leek inderdaad een jaar of zeventien, misschien al achttien. Hij was dus ouder dan zij. Hij had een prachtig regelmatig gebit, dat viel heel erg op. Verder had hij een smal gezicht, met een mooie rechte neus en een beetje te lang in-de-war haar dat op zijn schouders en over zijn voorhoofd viel. Zijn bruine ogen en het kuiltje in zijn wang maakten hem heel sympathiek. Maar hij was meer: hij was knap!

En *hij* viel op haar...

Jade staarde een tijd naar zijn foto. Ze hoorde zelf dat ze te snel ademhaalde. Nadat ze een paar keer diep had gezucht, maakte ze de tweede foto open. Nu stond hij er helemaal op, of liever gezegd: hier zat hij in een zeilboot.

Bruinverbrand, de zon in zijn ogen. Lange broek en gympen, maar met een shirtje zonder mouwen aan, dat om zijn borstkas spande en zijn gespierde armen vrij lieten. Was hij een zeiler? Dat zou ze vragen de volgende keer. Hij zag er uit als een van de vwo'ers bij hen op school. Haar blik gleed liefkozend over het portret, terwijl ze opnieuw snel begon te ademen. Toen haalde ze de vorige foto weer tevoorschijn en switchte zo een paar keer heen en weer. Ze prentte ze pixel voor pixel in haar geheugen.

Was hij dit echt? Hij kón faken. Hij kón andere foto's opsturen. Die van zijn buurjongen, van een klasgenoot of van zomaar iemand gepikt op internet. Er stonden zo veel foto's overal. Maar waarom zou hij dat doen? Iemand die zulke mooie taal schreef, kon niet iemand anders zijn. De foto klopte met wat hij schreef. Zij had zich toch ook niet voorgedaan als iemand anders? Ze had zichzelf alleen wat mooier gemaakt met make-up en een beetje fotoshoppen.

Ze wilde graag geloven dat hij er zó uitzag. Stoer! En hij zei al die mooie dingen over haar!

Ineens baalde ze vreselijk dat ze ál hun gesprekken niet kon bewaren. Ze zou ze ook in het groene boekje willen opschrijven. Nou ja, flarden zweefden nog wel door haar hoofd, maar ze had graag meer ervan willen vasthouden! De volgende keer zou ze eerst dingen gaan overschrijven voor ze msn afsloot!

Ze printte de foto's en nam zich voor er een echte afdruk van te laten maken. Daarna ging ze naar superdudes.nl. Ze vergeleek nauwkeurig de stukken foto die daar stonden met de foto's die ze nu had gekregen. De ogen waren bruin, het haar leek hetzelfde. Maar precies zeggen kon ze het niet, daarvoor waren de foto's op superdudes te verknipt. Jade grinnikte. Letterlijk dan. Het paste wel bij Yoram, bedacht ze weer, zich zó op superdudes te laten zien. Hij zag er slim uit. Ze moest hem ook nog steeds vragen welke school hij deed. Toch vwo?

Maar wacht eens, kon dat echt niet, bewaren wat je op msn deed? Ze onderzocht de werkbalk van msn. Via 'Extra' en 'Opties' kwam ze bij 'Berichten' uit en dat was de plek waar ze van alles kon aanvinken. Hier kon ze de instellingen veranderen bij haar berichten. Ja hoor: er was een optie 'Gesprekken automatisch in een bestand opslaan.'

Mooi! Vanaf nu kon ze al zijn woorden bewaren en teruglezen!

Jade wilde hem direct bedanken en stuurde vast een mailtje. Onrustig wachtte ze af tot hij zich zou melden. Wat zou ze doen in de tussentijd? Aan het werk? Nee, daar stond haar hoofd nu niet naar! Ze bleef natuurlijk online, maar ging op haar bed in oude tijdschriften liggen bladeren. Steeds als iemand online kwam, sprong ze overeind. Uiteindelijk was hij het! Met trillende vingers en de zenuwen in haar maag typte Jade een antwoord. Nu kon zij zeggen dat ze op hem gewacht had. Dat ze blij was met de foto's, dat ze de foto's heel erg mooi vond. Ze durfde zelfs te zeggen dat ze hém mooi vond. Hij bevestigde dat hij op het atheneum zat en van zeilen hield. Hij gebruikte een paar typische woorden waardoor ze aannam dat hij er verstand van had. Maar hij had geen eigen boot, die was van een vriend. En water was er niet in de buurt van zijn huis, ze moesten er een halfuur naartoe rijden.

Had hij dan een auto? vroeg Jade verbaasd.

Die vriend had een auto, was het antwoord. Toen vroeg hij of bij haar in de buurt water te vinden was. Hield zij van varen? Van zwemmen dan? Was er zwemwater bij haar in de buurt? Ah, een natuurbad. Een bosbad? Woonde zij in de bossen dan? O, bos en heide? Maar wel in de stad. Welke? Hé, dat was toevallig, zijn neef woonde daar ook! Daar had hij als jongen vaak gelogeerd, ze waren even oud. Nee, hij kwam er nu niet meer, maar zijn neef woonde er nog wel: aan de Singel.

Nou, zeg! Dat was inderdaad toevallig, dat was twee straten achter hen! schreef Jade terug, mooie huizen staan daar!

Ja, zij hebben wel geld, berichtte Yoram.

Ze kletsten een uur en daarna kon Jade controleren of hun gesprek echt bewaard was. Ja! Kijk, daar stond het te lezen. Met weer nieuwe heel mooie zinnen, die ze nu in haar groene notitieboekje kon opschrijven:

'hoe zeldzamer, hoe prijziger: je bent een aanwinst in mijn leven.'

'ik kan me niet meer voorstellen hoe het was zonder jou, lieve jade.'

'je uitstraling stijgt boven je foto uit, mijn computer lijkt tot leven gekomen, mijn kamer concentreert zich rond jouw foto.'

'lieve edelsteen, ik denk aan jouw lichaam, mag dat? als je niet wilt dat ik dit opschrijf, stuur me dan een ☹.'

'lekker steentje, ik proef jou: ik lik stiekem eventjes aan je buitenkant, geef een kusje op de ronde vormen, mijn tong glijdt voorzichtig over je gladde huid. ben je eigenlijk kietelig?'

Maakte ze dit echt mee? Het leek ongelooflijk! Maar ze kon nu alles teruglezen! Boekje en foto's nam ze vanaf nu overal mee naartoe.

Jade sloeg ook alles op in een 'bestand' in haar hoofd, dat ze die week regelmatig opende als ze op school zat. Zo kwam ze saaie lessen door. Dan zat ze in het geschiedenislokaal, waar haar plaats in de rechterrij was, met haar rug tegen de muur gedraaid en haar blik naar buiten gericht, te verzinnen hoe het verder zou kunnen gaan.

Ze zou bijvoorbeeld vanmiddag uit school kunnen komen, haar rugzak op haar billen, de dopjes van haar mp3-speler in haar oren, haar jas los fladderend om haar lijf. De zomer zat al in haar kleren: blote benen, lage hals. Nog op het plein zou ze op haar fiets stappen en terwijl ze de onwillige banden van haar rugzak over haar schouder sjorde, viel haar blik op de jongen met het korte zwartleren jackje die tegen het portier van zijn auto leunde, één arm scherp gekromd zodat hij met zijn elleboog op het dak kon leunen, de andere rond gebogen boven zijn ogen. Zijn hand maakte een afdakje tegen het zonlicht en zijn ingespannen blik tuurde naar de leerlingen die het schoolplein af fietsten. Pas op het laatste moment herkende ze hem. Haar hart sloeg een paar maten over en ze verslikte zich in het neuriën van het liedje.

Yoram! Was dat Yoram?

Ze stopte vlak voor de stoeprand. Aan de overkant van de straat, ver weg maar voor het eerst dichtbij, stond de jongen die op Yoram leek. Zijn hand daalde en nu viel het zonlicht voluit op zijn gezicht.

'Ik heb mijn sieraad gevonden!' riep hij haar toe.

Ja, hij was het echt! Hoe kon dat? Ze hadden nooit adressen uitgewisseld, ze had de naam van haar school niet genoemd. Ach, maakte niet uit! Hij was live in haar leven opgedoken, en zij was daar erg, erg blij mee! Ze kende hem nu drie weken en hij bestond niet langer uit woorden. Hij was echt geworden!

Jade liet haar fiets op de stoep staan en stak de straat over. Er zat een ondeugende glimlach op zijn gezicht geplakt. Zijn armen hingen nu naast zijn lichaam. De straat was nog breder dan ze dacht, zo lang duurde het voor Jade bij hem was, alsof de tijd vertraagd liep. Of waren haar stappen zo zwaar? Toen stond ze voor hem. Ze wist niks te zeggen. Kon alleen glimlachen. Was hij echt? Ze raakte zijn mouw aan, streek langs zijn leren arm van boven naar beneden, om te eindigen bij zijn vingers die zich onmiddellijk om die van haar sloten. Ze had haar andere hand nog vrij en daarmee raakte ze zijn haren aan, zijn voorhoofd, zijn wang, het fluweel van zijn huid.

'Hai.'

'Hé.'

'Daar ben je.'

'Mooie auto.'

'Ja, hè?'

'Ik wist niet dat je kon rijden.'

'Stap maar in.'

Jade liep om de auto heen, ging zitten en ze reden weg, nagekeken door klasgenoten. Haar fiets bleef eenzaam achter op de stoep voor school.

Ze zeiden niet veel onderweg, alleen noodzakelijke dingen als: 'Bij de stoplichten rechtsaf.' En: 'Kijk, hier weer links.' Alsof Jade wist wat hij wilde. Ze reden de stad uit. Ze zochten de bossen op, liepen hand in hand over de bospaden, staken de zonnige zandvlakte over en kropen met hun ruggen tegen de dikke lariks aan de rand van de heide. Daar gaven ze elkaar hun eerste kus.

Of ze zou nietsvermoedend met haar vriendinnen door de stad kunnen lopen. Beetje funshoppen, en dan een ijs- je bij de Italiaan. Met hun hoorn met drie bolletjes erop – met slagroom – gingen ze op het terras voor de winkel zitten. En ineens liep Yoram voorbij. Ze zagen elkaar te- gelijkertijd en van verbazing, of misschien ook wel van schrik, vergat Jade te likken. Ze kon alleen nog maar sta- ren, ze geloofde haar eigen ogen niet. Haar mond groei- de heel langzaam naar een glimlach toe. Wat had hij aan? Een spijkerbroek deze keer, met een T-shirt met lange mouwen en daaroverheen een shirtje met korte mouw. Zwart met wit.

Yoram was als eerste weer bij zijn positieven. 'Ik zou je uit duizenden herkennen!' zei hij. 'Je beeld staat op mijn netvlies gebrand! Je bent in het echt nog mooier dan in mijn dromen! Pas op!'

Tegelijk met zijn uitroep pakte hij haar pols met beide handen beet. Het voelde koud en warm tegelijk. En in- eens snapte Jade het: het ijs drupte langs haar vingers naar omlaag. Yoram likte het op met zijn tong. 'Lekker!'

Jade lachte. 'Meloen en citroen.'

Ze hield hem haar ijsje voor. Hij beet in het ijs, daarna nam zij een likje van de hoorn en daarna hij weer en toen zij. Hij had nog steeds zijn handen om haar pols geslagen.

Het ijsje ging heen en weer tot het op was. Ten slotte likte Yoram de ijsrestjes van haar lippen, en vanzelf ging het over in zoenen.

Dat haar vriendinnen erbij zaten, vergat Jade voor het gemak. Ach, het waren maar dromen.

Gelukkig had Jade op school Sacha naast zich zitten, die haar behoedde voor missers op het gebied van huiswerk. Sacha's agenda klopte wel zo'n beetje. Aan het einde van elke dag leende Jade die agenda.

9

'Ik wil weten hoe je eruitziet als je beweegt,' zei Zuper-
Zound. 'Dat is toch anders dan foto's. Heb je een webcam? Kan die aan?'

Het was zaterdagmiddag en Jade zat op haar kamer. Haar
moeder had er al over geklaagd: 'Wat doe je toch onge-
zellig de laatste tijd. Kom eens naar beneden?!'

Maar Jade wilde niks missen van ZuperZound. En ze
moest natuurlijk ook met Sacha, Lian en Malini msn'en.
Ze hadden net afgesproken morgen foto's te gaan maken
van Sacha en Lian. Misschien kon zij ook nog nieuwe maken en opsturen naar Yoram. En dan was ze nog steeds
regelmatig actief op Sugababes. Haar ouders waren nu allebei aan het werk en dus kon ze haar gang gaan.

'Ja, we kunnen cammen,' antwoordde Jade.

Maar er schoot haar iets te binnen. V.A.M.P.! De Video
Audio Msn Perfectionist! De verleiding voor de camera!
Ze wilde zo mooi mogelijk overkomen en daar had ze tijd
voor nodig.

'Maar niet nu,' zei Jade. 'Vanavond doe ik de webcam
aan.'

Ze sms'te onmiddellijk naar Sacha: 'Waar staan die tips?'

Even later had ze antwoord. Jade zocht op internet en
vond de tips hoe je er op je best op de webcam uitzag. Ze
werkte ze punt voor punt af.

Als eerste ging ze met stoelen slepen: welke zat het lekkerst? Je moest er dus ontspannen bij zitten, volgens tip één. En tip twee ging over de camerahoek. De webcam moest zo gericht worden dat je gezicht goed uitkwam. Je mocht dus niet vanaf te hoog of te laag opnemen! Nu had Jade haar webcam recht voor zich op haar monitor staan, en die hoogte vond ze wel goed. Daarna bekeek Jade kritisch de achtergrond. Wat was er van haar kamer te zien? Wat wilde ze eventueel laten zien? Dat gaf ook een beeld van jouw persoonlijkheid volgens de tips.

Achter haar rug zag je haar bed met de poster van Orlando Bloom tegen de muur. Ze keek vaak naar hem als ze niet direct kon slapen. Wat zou Yoram daarvan vinden? Ze had vooral posters van mannen, realiseerde Jade zich ineens. Weet je wat? Ze ging op zoek in haar tijdschriften naar nieuwe posters. Na lang aarzelen moest Orlando wijken voor P!nk. Die vond ze niet super, maar wel goed genoeg. En ze kleurde fantastisch bij al het andere roze van haar kamer. Nu haar dekbed goed rechttrekken en klaar. Dat was oké zo! Orlando mocht niet weg, hij werd verplaatst. Helaas had ze geen poster kunnen vinden van popzangers waar Yoram van hield.

Vervolgens ging Jade met de belichting aan de gang. Dat was nog lastig, want het was dag. Jade liep naar het raam en keek even naar buiten, naar die wirwar van platte daken, wapperend wasgoed, schoorstenen en dakkapellen. Niet interessant. Toch bleef ze staren.

Samen met Yoram had ze niet eerder de webcam aangehad. Ze deed het niet zo veel meer, de lol was er na een tijdje wel af, vond ze. Van haar vriendinnen wist ze hoe ze eruitzagen, en op Sugababes chatte ze altijd zonder.

Resoluut schoof ze de gordijnen dicht. Nu zou ze hem weer eens gebruiken. Het licht moest rustig zijn, sfeervol, maar wel helder. Ze probeerde uit hoe ze overkwam met dit getemperde licht, en met haar bureaulamp naast haar. Links of rechts? Nee, wacht: wat stond er ook alweer? Van twee kanten moest het licht komen! Dus leende ze de bureaulamp van haar broer.

Wat nu? Tip vijf ging over haar kleren: 'Geen strepen en stippen, niet te veel kleurtjes of drukke figuurtjes, en natuurlijk kies je de kleur die jou het beste staat.'

Voor haar was dat roze. Dat droeg ze al, maar Jade deed haar klerenkast open om te zien of iets anders een beter idee was. Ze paste verschillende truitjes en koos voor een combi met blauw. Dat stond mooi bij haar blonde haar, dat ze opstak. Nu zou ze haar make-up nog over moeten doen. Niet te fel en te nadrukkelijk, las ze in de laatste tip. En dan was ze er klaar voor! Zij, Jade, was een V.A.M.P. Haar voorbereidingen hadden twee uur tijd in beslag genomen.

```
ZuperZound zegt: hai schoonheid!
Edelsteentje zegt: heey
ZuperZound zegt: k zie je
ZuperZound zegt: wat fijn je te zien
Edelsteentje zegt: ik zie jou niet
ZuperZound zegt: o ja
ZuperZound zegt: is stuk
Edelsteentje zegt: wat?
```

ZuperZound zegt: wat geweldig je echt te zien
ZuperZound zegt: bijna live
Edelsteentje zegt: maar ik zie jou niet
Edelsteentje zegt: zet jij je cam niet aan?
ZuperZound zegt: sorry
ZuperZound zegt: hij ging kapot van de week
Edelsteentje zegt: jammer
ZuperZound zegt: ik koop een nieuwe
Edelsteentje zegt: doe maar
ZuperZound zegt: goh k zie je
ZuperZound zegt: geweldig ben je
ZuperZound zegt: mooi ben je
Edelsteentje zegt: dank je
ZuperZound zegt: echt een stuk
Edelsteentje zegt: niet overdrijven
ZuperZound zegt: zoals ik gedacht had
ZuperZound zegt: zoals ik verwacht had
Edelsteentje zegt: o. wat heb je gedaan
vandaag?
Edelsteentje zegt: heb je nog gezeild?
ZuperZound zegt: nee, mijn vriend heeft het te
druk
Edelsteentje zegt: heb jij het druk met
school?
ZuperZound zegt: valt mee
ZuperZound zegt: doe dit jaar voor de tweede
keer
Edelsteentje zegt: ☹
ZuperZound zegt: zeg dat wel
ZuperZound zegt: maar nu ik jou zie...

Edelsteentje zegt: wat?
ZuperZound zegt: is mijn dag weer goed
ZuperZound zegt: de uren zonder jou duren lang
ZuperZound zegt: ik wacht de hele dag op jou
Edelsteentje zegt: heb je niks nuttigs te doen?
ZuperZound zegt: jawel, op jou wachten
Edelsteentje zegt: noem je dat nuttig?
ZuperZound zegt: is goed voor mijn gemoedsrust
ZuperZound zegt: sinds ik jou ken, ben ik weer vrolijk
Edelsteentje zegt: hoezo?
ZuperZound zegt: dip
ZuperZound zegt: was een beetje total loss
Edelsteentje zegt: o wat erg
ZuperZound zegt: jij geeft mijn leven weer zin
Edelsteentje zegt: echt?
ZuperZound zegt: ik leef naar jou toe
ZuperZound zegt: er is iets om naar uit te kijken
Edelsteentje zegt: en school dan?
ZuperZound zegt: och
ZuperZound zegt: daar leef ik niet
ZuperZound zegt: ik leef door mijn comp
ZuperZound zegt: mijn edelsteentje, je bent zo mooi
Edelsteentje zegt: jammer dat ik jou niet zie
ZuperZound zegt: ik heb niet zo veel geld
Edelsteentje zegt: is dat zo?
ZuperZound zegt: ik zal zien dat ik zo snel

mogelijk weer een cam heb
Edelsteentje zegt: fijn
Edelsteentje zegt: kan ik wat voor je doen?
ZuperZound zegt: er zijn
Edelsteentje zegt: ik ben er
ZuperZound zegt: mooi zijn
Edelsteentje zegt: huh?
ZuperZound zegt: maar dat ben je gewoon
Edelsteentje zegt: wat voor problemen had je?
ZuperZound zegt: laat maar
Edelsteentje zegt: ik wil het weten
ZuperZound zegt: ik wil er nu niet over praten
ZuperZound zegt: ik kan er weer tegen nu ik
jou ken
ZuperZound zegt: je moet gewoon online zijn
ZuperZound zegt: en voor je cam zitten
Edelsteentje zegt: okeey
ZuperZound zegt: dan maak je mij gelukkig
Edelsteentje zegt: okeey
ZuperZound zegt: ik ben heel erg onder de
indruk van jou
ZuperZound zegt: ik geloof dat ik verliefd op
je word
Edelsteentje zegt: ☺
Edelsteentje winks: zoen
Edelsteentje winks: liefdesbrief
ZuperZound zegt: je bent zooooooo bijzonder
Edelsteentje zegt: zo goed ken je mij niet
ZuperZound zegt: best wel!
Edelsteentje zegt: en ik ken jou niet

ZuperZound zegt: toch wel een beetje
Edelsteentje zegt: ja
ZuperZound zegt: komt wel
ZuperZound zegt: ik zal je meer fotoos sturen
Edelsteentje zegt: fijn
ZuperZound zegt: ik ga vannacht weer van je
dromen
Edelsteentje zegt: en ik van jou

Jades buik zat vol vlinders die maar met moeite tot rust kwamen. Ze werkte haar make-up bij, waarom wist ze zelf niet. Ze ging niet meer uit vanavond. Maar het was prettig om te doen. Ze vond zichzelf veel mooier zo. Ze ging háár speciale droom dromen. Gewoon thuis. Jammer dat zijn webcam het niet deed. Ze had haar headset dus ook niet opgezet. Het stond stom, zo'n ding, maar een beetje gewoon praten tussendoor was leuk geweest. Nou ja, dat kwam nog wel.

10

Een nieuwe schoolweek stond voor de deur, waar Jade met moeite aan begon na een Zuper-zondag. Die was begonnen en geëindigd met kletsen met ZuperZound. Tussendoor had ze met Sacha, Lian en Malini nieuwe foto's gemaakt, opnieuw in de danszaal van haar moeder. Alleen hadden ze deze keer zelf hun haar moeten doen, want haar vader wilde op zijn vrije zondag niets met kapsels en haarlokken te maken hebben. De pret was er niet minder om geweest. Nu stonden Sacha en Lian ook op Sugababes.

Malini had de top-50 bereikt, reden voor een kleine afterparty op Jades kamer. En omdat Jade zich Zuper-goed voelde deze zondag, bleef de verwachte jaloezie uit. Ze gunde het Malini echt helemaal. Háár hart was vol van iets anders, al zweeg ze nog steeds tegen haar vriendinnen. Waarom wist ze niet precies. Nog niet, zei ze aldoor tegen zichzelf. Het was nog even alleen voor haar.

Jade was al vroeg in de danszaal geweest vanmorgen, nog voordat haar vriendinnen zouden komen. Ze was wel vaker in haar eentje in de danszaal, het was een plek waar ze graag kwam. Ze hield van de vrije ruimte, die maar dóór en dóór ging in de spiegelwanden. En dan de grote zwarte vloer. Als Jade hier met haar gympen liep, gaven ze een piepend geluid. Maar liever liep ze op blote voeten. Dat gladde zwart voelen tegen haar voetzolen was een geheim genot. Altijd als ze hier was, trok ze de gordijnen dicht. Tegen de inkijk, maar ook om echt alleen te kunnen zijn.

Dan vulde ze de ruimte met háár muziek en danste ze. Haar eigen passen in een zelfverzonnen choreografie. Ze wilde niet dat iemand tegen haar zei hoe ze moest bewegen, ze wilde dat zelf bepalen. Op school zeiden ze ook steeds tegen haar wat ze moest doen. Ze kón niet eens goed dansen, maar het was toch puur privé, dus het hoefde niet goed te zijn. Als ze maar kon bewegen, precies zoals ze zich voelde: snel of hoog of groot. Of boos. Of blij. Niemand mocht haar bezig zien, niemand wist ervan. Ze had het af en toe nodig.

Maar vandaag oefende ze óók in mooi zijn. Ze bestudeerde haar houding, zocht haar geheugen af naar haar moeders stem die in het verleden aanwijzingen had gegeven: voeten iets uit elkaar, knieën recht boven je voeten – en zet ze vooral niet op slot – bilspieren aanspannen en buik in, goed rechtop staan en schouders naar achteren!

En Jade oefende in lopen. Hoe bewoog een mooi meisje? Ze liep van de ene kant van de zaal naar de andere, terwijl ze zichzelf in de spiegel corrigeerde.

Ze probeerde zichzelf uit.

Die nieuwe Jade nam ze mee naar school. Merkten de anderen er iets van? Dat ze anders liep? Dat ze zekerder was geworden? Dat ze anders uit haar ogen keek?

Malini natuurlijk wel. Alle veranderingen vielen haar altijd op. 'Wat is er toch met jou?'

Jade grijnsde breed voor ze antwoord gaf. 'Zegt de naam ZuperZound jou iets?'

'Ja, die was helemaal weg van jou op Sugababes.'

'Ik heb hem toegevoegd op msn. We kletsen de hele tijd.'

'En, is het leuk?'

Jade knikte. 'Heel leuk!'

Ze stonden samen in de kleine pauze in het meisjestoilet en keken elkaar via de spiegel aan. Toen schudde Jade haar hoofd. 'Leuk is het goede woord niet,' zei ze.

'Hoezo?'

Jade dacht na. Toen zei ze resoluut: 'Het is stoer.'

'Stoer?' Malini klonk verbaasd. 'Leg uit!'

'Nou weet je, Yoram geeft steeds heel veel complimentjes.'

'Yoram?' onderbrak Malini haar.

'Zo heet-ie. ZuperZound heet Yoram.'

'Mooie naam.' Malini keek weer naar haar eigen spiegelbeeld en boog dichter naar de spiegel om haar lippen te glossen.

'Ja, hè?' Jade glom. 'Nou, eigenlijk flirt hij steeds met mij. En dat vind ik stoer. Een beetje flirten, een beetje vleien. Het is een beetje vrijen, wat we doen. Met woorden dan.'

'Dus jullie hebben verkering? Gefeliciteerd!'

Jade zag in de spiegel dat ze een denkrimpel trok. 'Tja, dat weet ik niet zo goed. Wanneer heb je online verkering?'

'Zo klinkt het anders wel.'

Jade pakte een pluk haar en draaide die rond. 'Yoram is Zuper!' verzuchtte ze.

Ja, ze vond het geweldig. Het liefst zou ze veel meer

achter de computer willen zitten dan uiteindelijk kon. Maar ja. School. En huiswerk. En twee avonden oppassen deze week. Elk moment dat ze Yoram niet sprak, miste ze hem.

Die week werd afgesloten met een avondje uit. Ze ging met Sacha, Malini en Lian naar *Cool*, de discotheek die leuke schoolfeesten organiseerde. Maar eerst keken ze bij Jade thuis naar GTST, zaten een tijd achter de computer op sugababes.nl, bladerden tijdschriften door om de kleren van popsterren en actrices te bespreken, keken wat ze ervan na konden doen met de inhoud van Jades klerenkast, maakten elkaar op en riepen de hulp van Jades vader in voor hun haar, die deze vrijdagavond wel over te halen was.

Toen hij weer naar beneden was, haalde Malini een paar Breezers tevoorschijn. In een giechelend tempo dronken ze de flesjes leeg.

Om een uur of elf vertrokken ze. Lian en Malini op de fiets, Sacha en Jade achterop. Het was niet ver naar *Cool*. Ze gaven hun jassen af en kregen een wit bandje om hun pols omdat ze vijftien waren: verboden alcohol te voeren. Jade verlangde heel erg naar het moment dat ze een groen bandje mocht dragen.

In de discotheek zelf stond de muziek lekker hard. Jade schreeuwde haar vriendinnen in hun oren: 'Achterin!' Ze duwden zichzelf vooruit, dwars door lijven, rook, roze en paars licht en dreunende bassen.

Er waren meer dansvloertjes, allemaal van elkaar afgescheiden met halfronde muren. Je kon er lekker tegenaan leunen, erop zitten, of erachter verdwijnen om te zoenen. De dansvloer achterin was meestal het minst vol. Daar troffen ze altijd meer mensen van hun school. Ze leunden tegen het muurtje dat paars oplichtte, een cola in hun handen.

Ze waren er nog maar net of Malini werd meegevraagd door een behoorlijk knappe jongen. Malini werd altijd door jongens gevraagd, dacht Jade. Soms profiteerden zij ervan. Dan kwam er een clubje op hen af, en werden zij ook meegetrokken.

Normaal gesproken zou Jade Malini nu met jaloerse blik nakijken. Dan seinde ze met haar ogen naar Sacha die daar ook last van had. Nu had Sacha met haar overtollige kilo's een groter fysiek complex dan zij, maar zo'n gevoel met haar delen maakte het gemakkelijker. Lian stond hier vaak buiten. Of kwam het door haar strakke uiterlijk? Dat vroeg Jade zich weleens af. Je kon soms zo slecht aan Lian zien wat ze voelde. Maar Lian zei wel heel vaak: als ik m'n circusschool maar heb. Heeft ze niks anders nodig om gelukkig te zijn?

Ineens kwam die grote vraag opzetten: wat had zij, Jade, nodig om gelukkig te zijn? Wat zouden haar vriendinnen willen? Een vriendje? Liefde?

Ineens voelde Jade een enorm verlangen. Haar lijf vulde zich met een ongekende honger naar... Ja, naar wat? En zij zat erin opgesloten. Het werd groter en groter, nog even en ze zou knappen...

Jade moest de dansvloer op. In heftige bewegingen probeerde ze wat van de spanning eruit te dansen. Sacha en Lian gingen met haar mee. Vanwege de temperatuur moest er regelmatig nieuwe cola en water gehaald worden. Dan keken ze naar Malini die niet meer los leek te komen van de jongen met wie ze danste. Het zag ernaar uit of dat de hele avond niet meer zou gebeuren.

'Kennen jullie hem?' schreeuwde Jade naar Lian en Sacha terwijl ze op Malini's verovering wees.

Lian bracht haar gezicht dicht bij Jade en riep: 'Zit bij ons op school, 4-havo of zo!'

'Wat zouden jullie nu het liefst willen?' brulde Jade vervolgens in de oren van Sacha en Lian.

Ze keken haar een beetje verbaasd aan.

Sacha boog zich het eerst naar Jade: 'Tien kilo lichter wegen!'

Daarna antwoordde Lian: 'Een reis naar China maken!'

Het was geen plek voor uitgebreide gesprekken. Dus keken ze een tijdje naar Malini op de dansvloer, terwijl ze af en toe iets in elkaars oren loeiden. Een paar klasgenoten kwamen hen ophalen om te dansen. Best leuke jongens, maar... Jade voelde zich onrustig. Deze avond was anders dan anders. Ze moest steeds aan Yoram denken. Ineens miste ze hem vreselijk. Kon dat: iemand missen die je niet echt kende? Ze zou willen dat hij hier was. De jongens om haar heen interesseerden haar niet. Ze leken ineens zo kinderachtig, zo gewoontjes. Zij konden de woorden die Yoram uitsprak vast nooit verzinnen. Nee, ze wilde Yoram!

Ze speurde om zich heen. Wie leek op hem? Wie had dezelfde blik in zijn ogen? Ze zocht, maar vond hem niet. Jade stapte de dansvloer af en ging op een afstandje met haar zoveelste cola staan dagdromen. Yoram, die plotseling de *Cool* binnenkwam en tegenover haar stond...

Tot ze werd meegetrokken door Sacha en Lian richting toiletten. Hier was het gedreun minder hard en kon Jade horen wat ze vroegen: 'Wat is er aan de hand?'

Jade knipperde niet-begrijpend met haar ogen.

'Je gezicht staat op onweer. Je vermaakt je voor geen meter,' verduidelijkten haar vriendinnen.

Jade zei: 'Ik heb een chatvriendje.' Enthousiast begon ze te vertellen.

'ZuperZound?' vroeg Sacha.

'Yoram heet hij,' zei Jade.

'En is hij ook echt wie hij is?' was de volgende vraag. 'En niet een of andere viezerik?'

Geschokt keek Jade haar vriendin aan. En ze wist onmiddellijk dat dit de reden was waarom ze nog niets had verteld.

'Nee!' riep ze verontwaardigd uit. 'Dat kan niet.'

'En waarom niet?' vroeg Lian streng.

'Hij klinkt zo eerlijk. We hebben al een tijdje contact en ik geloof hem. Bovendien... ik doe niks verkeerd. Wat kan er nou gebeuren? We praten alleen maar.'

'Je gaat geen afspraakjes met hem maken?'

'Als het zover is, neem ik een van jullie wel mee,' beloofde Jade.

Voor het eerst lachte Sacha. 'Is het leuk?'

'Ja! Hij is heel leuk. Ik vermaak me gewoon prima met hem.'

Lian keek Jade ernstig aan. 'Maar nu zie je eruit of je geen lol hebt...'

'Ach.' Jade wierp een snelle blik op haar spiegelbeeld. 'Ik verlangde ineens naar hem. Stom, hè?'

Sacha en Lian haalden hun schouders op. 'Nou, nee.'

'Willen jullie hem zien?' Jade haalde het groene boekje waar zijn foto's in zaten, uit haar tasje tevoorschijn. 'Kijk, dat is-ie!'

'Wauw, wat een lekker ding!' zei Lian en Sacha riep bijna tegelijkertijd: 'Net zo'n knapperd als Malini nu aan de haak heeft geslagen.'

'Ja, hè?' Jade groeide van trots.

'Nou, we gaan weer dansen,' stelde Sacha voor en ze blies wat bruine krulletjes van haar voorhoofd. 'Gaan jullie mee?'

'Jij ook, hè?' Lian trok aan Jades arm. 'En zet een vrolijker gezicht op!'

'Ja,' zei Jade, 'maar eerst even m'n lippen bijwerken.'

Ook Lian en Sacha haalden hun gloss tevoorschijn. In de spiegel zag Jade haar ogen glanzen, zo trots was ze op haar vriendje.

11

'Jade, kun je oppassen vanavond? Ik moet onverwacht weg.'

Jade lachte in de hoorn van de telefoon. 'Alweer?'

Monica van drie huizen verderop lachte ook. 'Ja, ja, zo gaat dat met drukke banen, en Jan werkt natuurlijk altijd 's avonds. Dus als ik een vergadering heb... En dit is een spoedvergadering.'

Ze had nogal eens een vergadering, wist Jade. Gepland, maar ook onverwacht. 'O. Oké. Ja, ik kan wel. Hoe laat moet ik er zijn?'

Precies om zeven uur die dinsdagavond werd Jade ontvangen door de enthousiast juichende stemmetjes van haar oppaskindjes, twee en vier jaar oud, allebei al in pyjama. Jade sloot ze in haar armen. 'Hallo, schatjes van me.'

De gezichtjes van Bas en Viola straalden. Ze trokken al aan Jades schooltas om die van haar schouder te trekken. Dat was voor later op de avond. 'Paadje rije! Paadje rije!' riep de een, en de ander: 'Nee, ik wil met jou een spelletje doen!'

Jade streek over de blonde koppies. 'We doen allebei. Maar eerst mama uitzwaaien.'

Monica stond al met haar jas aan. 'Dus je redt het wel?'

Ze hoefde Jade geen instructies meer te geven over drinken, voorlezen en bedtijden. Jade was zelf bijna kind aan huis, zo vaak kwam ze hier. Maar Monica moest dat altijd even gezegd hebben. Daarna zoende ze haar kinderen. 'Lief zijn, hè?'

Bas stond te springen. 'Bassie lief, Bassie lief!'

Monica knuffelde hem nog even en daarna ook haar dochter.

'En vrijdag kon je ook, hè? Had ik dat al gevraagd? Dan hebben we een feest.'

Dat had ze niet gevraagd, maar Jade kon wel.

In de deuropening zwaaiden ze mama uit, die op weg ging naar haar spoedvergadering. Ze was ergens manager van, wist Jade, maar ze wist niet precies waarvan. Iets met zorg of zo. En Jan werkte in het theater, maar ook van hem wist ze niet precies wat hij daar deed. Wat ze wel wist, was dat ze goed verdienden en háár goed betaalden. En dat ze hun geld hadden uitgegeven aan een dubbel huis. Ze hadden van twee panden één gemaakt, en er dure spullen in gezet. Waar ze vervolgens slordig mee omgingen. Jade kende geen huishouden dat zo chaotisch verliep als het hunne. Of kwam dat door de aanwezigheid van al die kranten, tijdschriften en boeken plus al dat speelgoed? En de korte termijnen waarmee ze haar, Jade, bestelden?

Jade ging eerst nog even met de kinderen spelen. Hamertje-tik, puzzelen, paardjerijden en, nadat ze de vazen aan de kant had gezet, een enorme stoeipartij. Tot slot gingen ze aan de keukentafel zitten voor wat lekkers en een beker drinken. Jade zette Viola voor de dvd-speler, terwijl ze Bas naar bed bracht. Daarna kroop ze zelf ook nog even op de bank. Het meisje leunde gezellig tegen haar aan. Jade snoof het parfum van de frisgewassen haartjes op, zo'n heerlijke geur vond ze dat!

'Kom, Violaatje, bedtijd!' zei ze toen het filmpje was afgelopen.

'Nee! Nog één, het is nog veels te vroeg.'

'Weet je,' zei Jade, 'dat ik achterstevoren kan lopen?'

'Echt?' vroeg Viola met verbaasde ogen.

'En ik denk dat jij dat niet kan: achteruitlopen. Dan heb je namelijk niks meer aan je ogen en dan bots je overal tegenop en dan kun je je eigen bed nóóit vinden!'

Viola sprong van de bank. 'Wél! Dat kan ik wél.'

Ze hadden de grootste lol samen toen ze in de achteruit schakelden en direct al een plant omschopten. Nou, straks maar opruimen. Lachend botsten ze overal tegenop, terwijl ze achteruit door de kamer liepen, de trap op en naar Viola's kamertje.

'Zie je wel!' riep Viola, toen ze zich op haar rug op haar bed liet vallen. 'Jij bent stom! Ik kan het wel! Ik heb gewonnen.'

Jade deed of ze erg schrok. 'Maar nou heb je nog geen tandjes gepoetst.'

'Ook achteruit!' riep Viola, en Jade proestte: 'Achteruit je tanden poetsen?'

Dus liepen ze achteruit naar de badkamer en weer terug.

Jade nam de tijd om voor te lezen. Viola zei met een diepe zucht: 'Jij moet ons altijd naar bed brengen. Papa en mama lezen altijd maar heel kort.'

'Maar anders is het boek zo snel uit,' zei Jade.

Daar moest Viola over nadenken. 'Nou en?' zei ze toen

ze alleen nog maar met haar neusje boven het dekbed uit-
stak. Jade wreef er even over. 'Viola is wijsneus.'

'Wat is een sijsneus?' vroeg Viola.

'Een lief meisje dat nu lekker gaat slapen. Welterusten!'

Terwijl Jade de trap afliep, riep ze nog een paar keer
welterusten. Beneden ging ze eerst het speelgoed opru-
men. Zo, dat scheelde al. De plant werd weer overeind
geholpen en de aarde opgeveegd. Daarna verzamelde ze
de kinderkleren die her en der verspreid door de kamer
lagen. Ze nam ze mee naar boven, naar de badkamer. Ook
hier was veel luxe te vinden: een groot formaat bad, een
aparte douche, vloerverwarming, een grote open kast met
stapels zachte handdoeken en een enorme hoeveelheid
flesjes en potjes. Jade legde de opgevouwen kleren op een
stapel op de wasmachine en wilde weer naar beneden gaan
toen ze zag dat de deur van de slaapkamer van Jan en Monica openstond. Een plotselinge nieuwsgierigheid deed
haar treuzelen. Hoe zag hun slaapkamer eruit?

Maar eerst keek ze om het hoekje van de beide kinder-
kamers. Sliepen ze? Daarna liep ze terug, de grote ouders-
slaapkamer in. Op de grond lag donkerrood hoogpolig ta-
pijt, dat vast heel lekker aan je blote voeten moest voelen.
Het bed was groot en breed, veel breder dan het bed van
haar ouders. Het had twee aparte matrassen, en twee een-
persoonsdekbedden. De stof ervan voelde zacht en glad
toen Jade er met haar vingertoppen langs streek. Boven
het bed hing een enorm schilderij. Jade kon niet bedenken wat het voor moest stellen: het was een bonte men-
geling van vlakken en kleuren, vooral veel rood en geel.

Op het nachtkastje aan de ene kant stond een asbak met

een paar sigarettenpeuken en een leeg glas wijn. Dat wil zeggen, het restje op de bodem van het glas had de kleur van wijn. Aan de andere kant lag een enorme stapel boeken op het nachtkastje. Saai zeg. De foto van Bas en Viola, die in een rood lijstje gevangenzat, was wel weer leuk: een strandfoto met zonnebrillen en hoedjes en blote billetjes. Grappig. En op de grond aan die kant van het bed lag een stapel papieren. Zouden ze in bed nog aan het werk zijn?!

Peinzend keek Jade naar het rommelige bed. De kussens lagen tegen elkaar aan, het dekbed was niet strak getrokken. Hoe zou het zijn in zo'n bed te slapen? Hoe zou het zijn getrouwd te zijn? Hadden ze nog vaak seks? Elke nacht misschien? Hoe vaak deed je het als je getrouwd was?

En ook in deze kamer lagen overal verspreid kleren. Jade pakte een paar kledingstukken op en liet ze weer vallen: een broek, een rok, kousen, een trui, zelfs een string! Het meeste was van Monica. Hé, en wat was dit? Het lag grotendeels onder de kast. Jade haalde een zwart hemdje tevoorschijn, van een heel dun, soepel materiaal met dunne spaghettibandjes. Ze veegde er een pluk stof van af. Hoelang lag het daar al? Het hemdje was aan de hals afgezet met een strookje kant. Er was een soort kruis gemaakt over de borst heen, die doorliep in de schouderbandjes, zodat vier vlakken ontstonden waarvan er twee doorschijnend waren. Wat een mooi ding! Jade hield het voorzichtig omhoog. Hoe zou dat staan?

Jade ging voor de spiegel staan, maar zo kon je het niet goed zien natuurlijk, met haar eigen trui erdoorheen schijnend.

Zou ze…? Jade had haar trui al uit. Het hemdje gleed soepel over haar huid. Het voelde als een koele bries, zoiets. Wat een sensatie! Haar borsten kwamen mooi uit achter de doorschijnende stof. Zo hé, nu was ze nog veel meer vamp.

Ze moest aan Yoram denken. Als hij haar zo zag…

Wat zou ze graag zo'n hemdje dragen. Dan voelde ze zich helemaal sexy. Het was leuk om je sexy te voelen. Ze zou eens in de stad gaan kijken. Maar zo'n hemdje was vast heel duur.

Ze trok haar trui over het hemdje aan – nog éven ervan genieten, straks deed ze het wel uit – en ging naar beneden om haar huiswerk te maken. Toen dat af was, zette ze de tv aan. Terwijl ze op de bank onderuitzakte, vergat ze de tijd.

Sneller dan verwacht hoorde ze de sleutel in het slot. Monica stond even later in de kamer.

'Hai, ik ben er weer, alles goed gegaan?'

Jade knikte.

'Zijn ze lief gaan slapen?'

Weer knikte Jade. 'Ja, hoor.'

'Basje ook? Hij is wat verkouden en dan kan hij last van een verstopt neusje hebben en dan wil hij steeds water drinken…'

Jade deed verslag van de avond, nam haar geld in ontvangst en vertrok naar haar eigen huis. Toen ze zich uitkleedde om te gaan slapen, ontdekte ze dat ze het hemdje nog droeg.

12

ZuperZound zegt: heey, ik dacht die komt niet meer
Edelsteentje zegt: en jij bent er nog ☺
ZuperZound zegt: altijd
Edelsteentje zegt: zo laat?
ZuperZound zegt: jij ook!
Edelsteentje zegt: ik moest oppassen. ze hadden een feest
Edelsteentje zegt: en dan zijn ze laat thuis
ZuperZound zegt: op wie moet je oppassen?
Edelsteentje zegt: twee schatjes van 2 en 4
ZuperZound zegt: en kan je het wel aan?
Edelsteentje zegt: jaaaaa, ze zijn zo lief
ZuperZound zegt: doe je de webcam aan?
Edelsteentje zegt: okeej
ZuperZound zegt: mooi
ZuperZound zegt: fijn je te zien
ZuperZound zegt: I feel okay
ZuperZound zegt: als ik je zie
Edelsteentje zegt: heb jij nog steeds geen cam
ZuperZound zegt: I miss you
ZuperZound zegt: als ik je niet zie
ZuperZound zegt: je ziet er mooi uit
Edelsteentje zegt: cam? cam? cam?

ZuperZound zegt: sorry
ZuperZound zegt: alsof je uit bent geweest
Edelsteentje zegt: alleen oppassen dus
ZuperZound zegt: ga je weleens uit?
Edelsteentje zegt: jawel
ZuperZound zegt: met wie?
Edelsteentje zegt: met mijn vriendinnen
ZuperZound zegt: en vriendjes?
Edelsteentje zegt: nee
ZuperZound zegt: zo'n mooie meid
Edelsteentje zegt: geen vriendje
ZuperZound zegt: wie kom je dan wel tegen?
Edelsteentje zegt: jongens van school. niet
interessant
Edelsteentje zegt: en jij? heb jij een
vriendinnetje?
ZuperZound zegt: ik heb jou
Edelsteentje zegt: ik bedoel in het echt
ZuperZound zegt: dit is echt. ik val op jade
ZuperZound zegt: ik wil...
Edelsteentje zegt: wat?
ZuperZound zegt: mag ik iets meer van je zien?
Edelsteentje zegt: hoe bedoel je?
ZuperZound zegt: ik zie je gezicht
ZuperZound zegt: ik wil je hals zien
ZuperZound zegt: ik wil je bovenlijf zien
Edelsteentje zegt: zo beter?
ZuperZound zegt: cam iets meer naar beneden?
ZuperZound zegt: ja zo
ZuperZound zegt: mooie borsten!

Ja, haar borsten vond Jade het mooist. Daar was ze trots op. Die mochten gezien worden! Al had ze zich nu niet uitgedost als V.A.M.P., ze zag zelf op haar scherm de rondingen van haar borsten. Ze had helemaal niet verwacht dat Yoram nog online zou zijn. Waarom ze dan de computer had aangezet, wist ze ook niet precies. Gewoon, voor de zekerheid. Of anders om te kijken of hij een mailtje had gestuurd. Even de computer aan en gelijk weer uit, en dan slapen.

Jade trok buiten het beeld van de webcam aan de onderkant van haar shirt. Nu had ze een klein stukje welvend bloot.

'Doe dat nog eens?' vroeg Yoram.

Hij had gemaakt dat ze trots kon zijn op haar lijf. Hij had haar doen geloven dat ze mooi was.

'Ik geef kleine kusjes op dat spannende randje,' meldde Yoram op het scherm. 'Ik voel met mijn vingertoppen de grens van stof en huid. Voel jij dat ook?'

Vreemd, het was of er een rilling over Jades rug liep. Heel even streek ze zelf met haar middelvinger heen en weer over de hals van haar shirtje, boven haar rechterborst.

'Mooie beweging! Doe dat nog een keer? Dan ga ik met mijn vingers langs je hals. Ik ontmoet jouw vingers, voel je? Onze handen strengelen ineen.'

Jades vingers zweefden in het echt boven het toetsenbord, in afwachting van wat nu verder nog kwam.

'Ik raak je aan in je warme hals, ik aai je achter je oor langs, onder je kaak, door het kuiltje van je jukbeen, dan naar beneden, waar het zachter is en rond. De heuvel op. De heuveltop.'

Jade voelde de opwinding in haar buik. Bijna automatisch raakte ze zelf aan wat hij benoemd had. Ze voelde hoe haar tepel reageerde. Tjee, zoiets spannends had ze nog nooit meegemaakt!

'Wat zit eronder? Wat draag je nog meer behalve je T-shirt?'

Het hemdje! Ineens realiseerde Jade zich dat ze vanavond het hemdje van Monica had aangetrokken. Ze had het kunnen terugleggen vanavond, maar ze had het niet gedaan. Ze wilde het houden en Monica had niets gezegd over een hemdje dat ze miste.

Voor ze het wist had Jade haar shirtje uitgetrokken.

'Mooi?' vroeg ze.

'Heel mooi,' was het antwoord. 'Draai eens een beetje? En nu de andere kant op. Duw je borsten eens naar voren? Verder? Een héél holle rug? Zie je dat je tepels er plezier in hebben? Ze worden lekker stijf.'

Jade voelde even. Yoram had gelijk.

Toen vroeg hij haar naar voren te buigen.

'Ik kan het niet goed zien, je kamer is te donker.'

Jade kon nu moeilijk de lamp van haar broer erbij halen. Dus deed ze een paar kaarsen aan. Het leek nu veel sfeervoller en haar schouders werden vanzelf ook wat ronder.

Yoram praatte maar door op het scherm. Hij streelde haar borsten, zei hij. Zo mooi rond en zo mooi van vorm! Zag hij dat goed? Hij zag ze door de stof heen! Doe het ene bandje eens omlaag? Nu was er meer van haar huid te zien. Hij vond blote schouders mooi, ja, zij had ook mooie schouders.

'Heb je geen bh aan?' vroeg hij.

'Nu niet,' antwoordde ze.

Vrij plotseling hield ZuperZound ermee op. Hij ging van haar dromen, zei hij. Het was al laat immers, zei hij. Maar werd vervolgd, zei hij.

De volgende keer dat ze elkaar spraken op msn was de dag erop. Jade was heel nieuwsgierig: wat zou er nu gebeuren? Zou het nog een keer gebeuren? Zij durfde niet zelf zó te beginnen. Het bleef gewoon gezellig die middag, geklets over allerlei met hier en daar een gewaagde opmerking, maar ze hadden afgesproken 's avonds weer te msn'en.

Jade had een nieuwe bh gekocht. Ze had een ander shirtje aangedaan met het hemdje er weer onder en ze had zich opgemaakt.

Ze moest lang wachten voor hij online was. Maar dat gaf niet, hij zou komen!

Daar was hij! En eerst praatten ze over wat ze hadden gedaan die dag, ze praatten over muziek en over de nieuwste clips en over tv en over van alles en toen toch nog onverwacht vroeg hij: 'Wat heb je onder je shirtje aan?'

'Hetzelfde hemd.'

'Wil je het uitdoen, je shirt?'

Ze deed wat hij vroeg.

'Ik heb vanmiddag een nieuwe bh gekocht,' meldde ze.

'Toch wel een zwarte?' vroeg hij. 'Ik houd van zwart.'

Toevallig was het een zwarte, omdat Jade hem vooral voor onder dat hemdje had gekocht. Als ze al een bh droeg, was het een roze. Ze wist niet dat hij van zwart hield. Dan zou ze ook eens in het zwart voor de cam verschijnen.

'Laat eens zien?'

Jade aarzelde niet. Ze had niet voor niks deze dure bh gekocht. Ze trok het hemdje uit en voelde zich prachtig. Kijk haar nou zitten in haar roze broek en zwarte bh. Gretig las ze zijn liefkozingen op het scherm.

'Wacht, ik ga voor je dansen,' schreef ze. Ze richtte de cam zo recht mogelijk en zette muziek op. Daarna zette ze toch eventjes de headset op haar hoofd.

'Heb jij wel een headset?' vroeg ze in de microfoon. 'Dan kun je de muziek ook horen.'

Kijk eens wat ik durf, dacht ze even later. Alsof ze in een videoclip optrad, zo bewoog ze met haar heupen en haar borsten. Ze draaide zich in alle mogelijke bochten voor de cam en hoopte maar dat hij genoeg kon zien. Ze voelde zich Zuper-sexy.

Na drie nummers ging ze weer zitten. Ze hijgde ervan.

'Ga door!' schreef Yoram.

Opnieuw zette Jade muziek op. Ze legde haar handen op haar borsten, duwde ze naar voren, nam haar tepels tussen haar vingers. Ze kneep erin. Ze legde haar handen op haar buik, duwde haar vingers een eindje onder haar broekriem.

Yoram reageerde op wat hij zag met een stroom complimenten. Ze was mooi. Ze bewoog mooi. Ze was lenig. Ze had een prachtig lijf. Daar moest ze trots op zijn.

Dat was Jade ook. 'Maar ik wil jou ook zien!' zei Jade.

'Volgende keer,' beloofde Yoram.

Maar de volgende keer was er weer geen webcam. En de keer erop ook niet. Jade was teleurgesteld.

'Geldproblemen,' legde Yoram uit op woensdagavond. 'Het kan nu echt even niet. Mijn ouders hebben me gekort en ik had wel een baantje, maar toen kreeg ik de schuld van iets wat ik niet gedaan had en vervolgens werd ik ontslagen en ik moet nog een schuld afbetalen, en toen was er ook nog een vriend met geldproblemen, en die had dus echt niks meer te makken en ik heb hem mijn laatste geld gegeven...'

Jade glimlachte. Lief van Yoram dan toch een vriend te willen helpen.

'Je kunt wel van mij lenen,' bood Jade aan.

'Schatje, nee, dat kan ik niet aannemen. Ik regel wel iets.'

Ze chatten nu alleen nog laat op de avond. Haar ouders dachten dat Jade al sliep. De maand juni was precies een week oud en het was volop zomer. Jades raam stond open en de zwoele lucht streek langs haar blote armen. Ze had alleen het hemdje aan.

'Mijn kostbaar steentje, ik ben zo blij met je. Ik kan mijn problemen vergeten. Je bent net een cadeautje, pak jezelf nu eens verder uit?'

Jade staarde verbaasd naar de woorden.

'Waarom?' vroeg ze. Domme vraag natuurlijk, maar ze wist even niet...

'Je bent zo mooi, ik wil meer van je zien!' antwoordde hij.

Ineens was haar durf weg. Ondanks de warmte rilde ze. Ze stond op om het raam dicht te doen.

'Waar ben je?'

'Hier.' Ze was weer gaan zitten. Aarzelend.

Dit is toch wel oké? schoot ineens door haar heen. Een-richtingsverkeer was het, en een vaag verhaal over geld-problemen, en beloftes die hij niet waarmaakte. Zeg dan gewoon dat er geen cam komt. Ze hield van eerlijkheid.

Maar ze durfde hem dat niet te zeggen. Hij was blijk-baar een beetje labiel. Hij had toch een dip gehad? Ze moest hem maar niet boos maken. Hij was aardig. En het was leuk. Als ze een stap opzij deed, was ze buiten beeld, en als ze de computer uitzette, was het contact verbroken. Goh, wat deed ze nu ineens stom. Als ze echt verkering hadden, gingen hun kleren toch ook een keer uit?

ZuperZound verstuurde zijn woorden en Jade las ze een fractie van een seconde later: 'Waar wacht je op?'

Jade trok het hemd van Monica over haar hoofd. Daar-na deed ze ook haar bh uit.

13

ZuperZound zegt: trek je topje eens uit?
Edelsteentje zegt: waarom?
ZuperZound zegt: mooie borstjes wil ik
zien
Edelsteentje zegt: weet niet
ZuperZound zegt: hoezo weet je dat niet? mooi
steentje, word je nu ineens preuts?
Edelsteentje zegt: nee, maar...
ZuperZound zegt: maar wat?
ZuperZound zegt: kom op mooie tietjes, waar
zijn jullie?
Edelsteentje zegt: eerst gewoon kletsen
ZuperZound zegt: we hebben toch al gekletst?
ZuperZound zegt: je hebt het gister
goedgevonden, dus moet je dat nu weer doen!

Moet? Jade zoog haar onderlip naar binnen en beet erop.
Haar ogen vlogen over de regels die ze net aan elkaar geschreven hadden.

Het was nog warmer dan gisteravond. Ze had eigenlijk
al op bed moeten liggen, maar wist zeker dat ze toch niet
kon slapen. Dus had ze haar computer aangezet.

Tja, wat had ze dan gedacht? Dat ze nu verder kon gaan
met alleen maar romantisch met elkaar praten? Hoorde dit
er nu niet een beetje bij?

Toch twijfelde ze. Wilde ze dit weer? Gisteren was het leuk, maar was het niet ook een beetje gek? En als je nou echt verkering had? Dan ging je toch ook steeds verder? Dat las ze in de tijdschriften. Wat wist ze eigenlijk van verkering hebben? Hoe kon je weten wat erbij hoorde en wat niet? Hoe wist je hoe je je moest gedragen en wat normaal was? En moest je alles maar goedvinden?

```
ZuperZound zegt: waar wacht je op?
Edelsteentje zegt: ik denk na
ZuperZound zegt: je moet niet denken, je moet
doen
ZuperZound zegt: je hoeft alleen je hemdje
over je mooie hoofdje te trekken
ZuperZound zegt: mooi topje trouwens. de kleur
staat je goed
ZuperZound zegt: maar doe hem nu uit
ZuperZound zegt: heel langzaam uit
ZuperZound zegt: surprise! surprise!
Edelsteentje zegt: en jij dan?
ZuperZound zegt: ik kijk naar je
```

Maar zij had niks om naar te kijken. Zij wilde hem ook zien. Het moest toch van twee kanten komen? Waarom had hij toch geen cam?

```
ZuperZound zegt: jade! please!
Edelsteentje zegt: ik wil jou ook zien
ZuperZound zegt: komt echt wel
Edelsteentje zegt: heus?
```

ZuperZound zegt: morgen
Edelsteentje zegt: ik geloof je niet
ZuperZound zegt: wat?
Edelsteentje zegt: beloof het mij!
ZuperZound zegt: doe ik, ik beloof het
Edelsteentje zegt: echt?
ZuperZound zegt: liefje, schatje, hoe kan ik
nu tegen je liegen?
ZuperZound zegt: je maakt me helemaal
verdrietig
Edelsteentje winks: schermkus
Edelsteentje zegt: maar je had geen geld
ZuperZound zegt: ik regel wel wat
Edelsteentje zegt: waarom kon je dat niet
eerder doen dan?
ZuperZound zegt: waarom doe je zo?
Edelsteentje zegt: hoe?
ZuperZound zegt: je gelooft me niet

Was dat het? Begon ze aan hem te twijfelen? Dat wilde ze
helemaal niet! Ze wilde blijven genieten van het bijzondere dat er gebeurde.

Edelsteentje zegt: wel. sorry
ZuperZound zegt: nou dan
Edelsteentje zegt: wat?
ZuperZound zegt: je hebt al blote armen en
blote schouders. doe je hemd uit
Edelsteentje zegt: kunnen we niet gewoon
kletsen?

ZuperZound zegt: zei je net ook al. ik heb genoeg gekletst. ik wil je zien
Edelsteentje zegt: en als ik alleen wil kletsen?
ZuperZound zegt: doe je hemd uit!
Edelsteentje zegt: kun je dat niet anders vragen?
ZuperZound zegt: ik snap dit niet. gisteren vond je het goed
Edelsteentje zegt: dat was gisteren
ZuperZound zegt: nu moet het ook
ZuperZound zegt: waarom zeg je niks?
ZuperZound zegt: waarom doe je niks?
ZuperZound zegt: jade?
ZuperZound zegt: jade!
ZuperZound zegt: ik heb je fotoos wat mooier gemaakt
Edelsteentje zegt: wat bedoel je?
ZuperZound zegt: kijk maar, wacht even. ik stuur ze

Wat bedoelde hij? Yoram zei even niks meer. Toen zag Jade dat er een e-mail binnenkwam. Wat was dit? Er zat een bijlage bij, een jpg-bestand, dat ze zenuwachtig openmaakte. Toen keek ze geschrokken naar een foto van zichzelf. Zij was het, maar ze was het ook niet.

ZuperZound zegt: ik heb je foto wat mooier gemaakt
Edelsteentje zegt: dit ben ik niet

ZuperZound zegt: o nee? je hebt me de foto
zelf gestuurd
Edelsteentje zegt: niet zo
ZuperZound zegt: nee, dat is waar. ik heb je
een beetje meer sexy gemaakt
ZuperZound zegt: zoals ik je graag zie
ZuperZound zegt: zoals ik graag naar je kijk
Edelsteentje zegt: dit vind ik niet leuk
ZuperZound zegt: jawel, dit is leuk. en nu ga
jij je hemd toch maar uittrekken
Edelsteentje zegt: nee
ZuperZound zegt: o nee? dan heb ik een
verrassing voor je
Edelsteentje zegt: hoe bedoel je?
ZuperZound zegt: waar zal ik de foto heen
sturen? naar je school? dan ziet iedereen hem
Edelsteentje zegt: nee!
ZuperZound zegt: ja, dat is een goed idee
Edelsteentje zegt: je weet niet waar ik op
school zit
ZuperZound zegt: hoeveel scholen zijn er in
jouw stad? 3. ik heb ze opgezocht. ik kan zo
fotoos op de website zetten van alle scholen.
altijd prijs
Edelsteentje zegt: nee!
ZuperZound zegt: wel
Edelsteentje zegt: dat kun je niet
ZuperZound zegt: wel! ik heb er verstand van
ZuperZound zegt: dan kan iedereen genieten van
jouw sexy look

```
Edelsteentje zegt: mijn ouders!
ZuperZound zegt: wat?
Edelsteentje zegt: komen trap op!
ZuperZound zegt: en?
Edelsteentje zegt: kmoet stoppen
Edelsteentje zegt: kga
ZuperZound zegt: doe je t morgen?
Edelsteentje zegt: ja
```

Jade wist het: omdat haar ouders licht onder haar deur door zagen branden, kwam haar moeder binnen. De computer reageerde zo traag! Snel dan, weg met msn, uitschakelen, ga dan ook uit! Haar moeder stond al in de deuropening terwijl op het blauwe scherm nog te lezen stond: 'U wordt afgemeld. De instellingen worden opgeslagen.'

'Jade! Zit je nu nog te computeren?! Waarom lig je niet in bed?'

Schuldbewust keek Jade haar moeder even aan. 'Het was zo warm! Ik wou nog even...' Toen zweeg ze.

Windows wordt afgesloten, zag Jade, en toen werd het beeld zwart.

'Niks even,' zei haar moeder. 'Het is echt al veel te laat. Je bed in!'

Jade stond op en zoende haar moeder op beide wangen. 'Ja, mam. Welterusten, mam.'

Ze trok haar hemdje over haar hoofd en rilde. Snel deed ze het oude T-shirt aan waarin ze sliep en trok haar rok-je uit. Het was te warm voor het dekbed, dus ze stak al-leen haar benen eronder. Voor het eerst wilde ze niet aan Yoram denken bij het inslapen.

Maar het kwam onvermijdelijk. Die foto! Háár foto! Die had hij bewerkt, dat kon niet anders. Ze stond er bloter op dan Malini haar had gefotografeerd. Hoe kon dat? Waarom had hij dat gedaan? Wat wilde hij?

Het kon niet waar zijn, dacht ze de volgende dag. En in het daglicht van weer een schooldag, de laatste van die week, zag Jade dat het een grapje moest zijn. En 's avonds maakte ze weer contact met hem.

'Ja, grapje,' antwoordde Yoram op haar vraag. 'Boos? Dat staat je niet. Jij bent in het echt te mooi.'

Ze kletsten een tijdlang over van alles en het was weer als eerst. Pas na een tijd vroeg hij: 'Mag ik je weer zien? Heb je beloofd!'

Ze had het beloofd. En hij deed nu weer normaal. Het was alles bij elkaar vast een raar soort grap geweest. IRL zou ze het ook doen, dacht ze. Misschien moesten ze toch maar eens afspreken?

Jade kleedde zich uit.

'En jouw cam?' vroeg ze terwijl ze ernstig de camera inkeek.

'Ja, stom, heb ik gekocht! Goed, hè? Het is gelukt qua geld. Maar er zat geen snoertje bij. Ik ga morgenochtend direct terug naar de winkel.'

Sprak hij de waarheid? Jade wilde het graag geloven. Dat kon toch? Zij had toen ze haar mp3-speler kocht ook pech: geen geluid! Die had ze moeten ruilen.

'Leg je handen nog eens op je borsten,' vroeg Yoram. 'Streel ze eens? Ik zou het willen doen, maar kan er niet bij.'

Jade luisterde naar de muziek die haar kamer vulde en begon met haar handen over haar borsten te glijden. Het voelde prettig. Ja, het was beslist een fijn gevoel. Streling na streling. Net of hijzelf haar aaide. Dat zou ze toch best willen? Goh ja, wat zou ze dat graag willen, dat hij bij haar was, op haar kamer, hier, naast haar, of nog liever, op haar bed, tegen de muur, dicht tegen elkaar aan, de armen om elkaar heen, gezichten naar elkaar toe, en dan zoenen, en strelen, zijn handen over haar borsten, zijn vingers die haar tepels zacht vastpakten... En dan vielen ze natuurlijk om, languit op bed, armen om elkaar heen, tongzoenen, weer strelen, en kusjes op haar borsten, haar tepels. En dan overal op haar vel, haar huid volgend tot waar het ophield... Of tegen haar kleren botste. Zouden er dan meer kleren uitgaan?

Ondertussen hield Jade het scherm in de gaten.

Er stond: 'Mag ik je slipje zien? Eén keertje maar. Dan zal ik dat niet weer vragen als jij dat niet wilt. Heb je een string aan? Ik wil die zo graag zien! Ga verder met je hand! Glijd door over je buik. Verder! Lager! Heb je een broek aan of een rokje? Mag die uit? Eén keertje maar. Ik weet dat je een mooi figuur hebt, dat kan niet anders, kostbaar steentje. Je draagt niet voor niets de naam Jade. Je draagt vast een string. Dat doen toch alle meiden? Welke kleur heeft hij? Zit er een randje kant aan? Of een mooi sierbandje?'

Jades droom spatte uit elkaar toen tot haar doordrong wat hij nu wilde.

'Ik wil niet verder,' typte ze. Ze meende het.

'Jawel, dat wil je wel.'

'Nee.'

'Oké, dan stuur ik een foto van wat jij net deed naar je ouders. Zullen ze leuk vinden.'

'Wát?'

De opwinding die Jade net toch even voelde, was verdwenen en maakte plaats voor grote, gillende paniek die haar bloed net zo hard deed stuwen. Ze voelde een ader in haar hals kloppen. Ze ademde zwaar.

'Welke foto?'

'Schatje, ik neem alles op wat jij doet. Dacht je dat ik maar één keer naar jou keek? Ik zeg toch, ik kijk de hele dag naar je.'

Hè? Dit klopte niet. Dit kon toch niet? Wat bedoelde hij nou?

Dat wist ze gauw genoeg: opnieuw stuurde hij haar een foto. Vol afschuw keek Jade naar zichzelf, terwijl ze half-naakt in haar kamer zat, haar handen op haar blote borsten.

Hoe kon dat? Had hij daar een fototoestel?

'Nee, hoor, het is één opname van de cam. Beeld stilzetten. Bewaren. Ik heb er een heleboel,' antwoordde Yoram. 'Dus ga je je broek uitdoen?'

'Ik draag een rokje,' zei Jade.

'Leuk! Laat zien! En ook wat eronder zit.'

'En als ik dat niet doe?'

'Heb ik al gezegd. Dan weten je ouders precies wat jij achter je computer doet. Lief schatje, doe nu maar wat ik zeg. Dat is beter voor je. Echt waar. Geloof me nou maar. Doe het nou maar. Jij vond het toch ook lekker. Ja, goed zo, dit is wat ik wil. Ja, naar beneden! Heel mooi, heel zoet. Nu weet niemand er iets van. Alleen jij en ik. Mijn prachtjade en ik. Draai je ook eens om? Mooie meid! Lieve meid!'

14

Het was haar eigen schuld, dacht Jade terwijl haar boze blik herhaald werd in de spiegel voor haar. De danszaal was nog nooit zo leeg geweest als nu. Een ruimte die geen einde had en geen troost, en waarin ze niet wist welke passen te zetten.

Er was ook al geen muziek. Kwam het daardoor? Ze had geen cd's mee naar beneden genomen, dus liep Jade naar de hoek met de muziekinstallatie en neusde in de verzameling van haar moeders lessen. Heel verschillende muziek gebruikte ze. Jade kende niet alles, maar dit wel: ze koos voor een heftige beat.

Met driftige stappen liep ze heen en weer, als een gekooide tijger. Maar dat was ze niet. Ze was een boos lichaam dat na een poosje voor de spiegel stil bleef staan, met de benen wijd, de knieën op slot, de bovenbeenspieren aangespannen, de handen tot vuisten geknepen en met een diepe frons in haar voorhoofd. Haar lippen waren een dunne streep.

Zij had het zelf gedaan. Ze had het zelf goedgevonden. De eerste keer en de tweede keer. En daarna. Ze had ervan genoten. Ze was opgewonden geweest. Ze was toch niet slecht of zoiets? Maar Yoram...

Hij deed zo dwingend. Het móést. Dat hoorde toch niet zo? Het hoorde toch leuk te zijn?

Hij was niet aardig meer, zeker niet na de foto's die ze vandaag van hem had gekregen!

Jade begon langzaam te bewegen. Danste ze? Nee, ze maakte boksbewegingen. Spijt had ze. Oók van het feit dat hij niet aardig meer was. Niet langer haar droomprins. Nee, bepaald niet! Zo deed een droomprins niet. Stómme ZuperZound! Klóte Yoram! Fok! Fok! Fok! Als hij hier zou zijn... Ze wilde zo graag op hem in slaan, trappen en schoppen. En dat kon dus niet! Hij was aan alle kanten nep! Ze draaide om haar as en plantte haar benen weer stevig op de zwarte vloer. Ze keek woest haar spiegelbeeld aan. Maar zij was er zelf in meegegaan. Eigen schuld.

Hoe moest het nu verder? Hoe kwam ze hieruit?

Doorgaan? Proberen het leuk en spannend te blijven vinden? Hij was niet bij haar, hij kon haar lijfelijk niets maken, dat scheelde toch? Als ze nou gewoon deed wat hij vroeg...

Ze probeerde het voor proef: ze deed of ze achter de computer stond, de camera op haar gericht. Zoals ze voor hem voor de cam had gedanst, zo probeerde ze dat opnieuw. Voor zichzelf. Hoe moest het ook alweer? Ze danste uitdagend, zoals ze dat op clips zag. Ze wiebelde met haar heupen, draaide met haar kont, schudde met haar borsten, maaide met haar armen...

Ze haalde het einde van het nummer niet eens: ze kon het niet. Het was niet leuk meer.

Yoram was niet leuk meer. Wat was erger?

En steeds zag ze die foto's voor zich...

Hij had nieuwe foto's gemaild. Beelden van gisteravond. Van op het laatst.

Zo kon ze niet eens meer gewoon met haar vriendinnen msn'en. Zo stond hij haar andere contactpersonen in de weg. Zo kon het niet langer doorgaan.

De danszaal werd plotseling een waterballet. Onaangekondigd stroomden de tranen over haar wangen. Een zakdoek! Ze moest een zakdoek hebben! Help! Paniekerig keek Jade om zich heen. Klote zakdoeken, die er niet waren als je ze nodig had! Fok! Fok!

Niet hier natuurlijk, in de danszaal waren geen zakdoeken. Ze rende naar de toiletten om wc-papier te halen. Jade veegde ermee over haar wangen en snoot haar neus. Het bleef maar lopen. Ze gaf een ruk aan de rol en nam een hele sliert papier mee de zaal weer in, de muziek in, de leegte in. Ze ging in kleermakerszit voor de spiegel zitten met het papier in haar handen gepropt en duwde ermee tegen haar wangen en tegen haar neus. Met open mond probeerde ze beheerst te ademen. Uit en in. Uit en in. Wat moest ze? Ze kon haar vriendinnen niet om raad vragen, die zouden waarschijnlijk ook zeggen dat het haar eigen schuld was. Bovendien: ze schaamde zich te veel.

Tjeetje, dit kon toch nooit de bedoeling zijn geweest? Jade probeerde in haar hoofd alle dagen en alle momenten na te gaan hoe het was verlopen. Ze zou straks de gesprekken nog eens nalezen, en ook het groene boekje dat nu verlaten op haar kamer lag. Net zo eenzaam als zij.

Maar ze wist het eigenlijk wel: ze had dit niet aan kunnen zien komen. Hij leek zo oprecht, zo lief, zo eerlijk.

Ze luisterde naar de muziek. Haar hoofd werd leeg. Haar hart koud. Ze rilde. Opeens rechtte ze haar rug. Weet je wat? Ze zou gewoon heel duidelijk zeggen dat ze het zo

niet leuk vond, en dat hij op moest houden met die foto's. Anders kapte ze met hem.

Direct maar doen! Jade snoot haar neus, zette de muziek uit en verliet de balletzaal. Ze kwam haar moeder tegen op de gang. Jade keek haar niet aan, ze zou te veel
kunnen zien. Angstig wachtte ze af of haar moeder iets
zou gaan zeggen terwijl ze elkaar passeerden, iets over een
foto die ze had gekregen, zij of papa, op hun computer.
Jade had gisteravond wel gedaan wat Yoram zei, maar wat
hij allemaal nog meer kon doen... En ze had een keer gezegd dat haar moeders dansschool een website had. En daar
kon je contact maken...

Maar het enige wat haar moeder zei, was: 'Heb je de
muziek uitgezet? De vorige keer stond de installatie nog
aan.'

Jade knikte. Op haar kamer was het broeierig warm. Ze
trok de gordijnen dicht, ook al was het nog niet donker
en hield dit de beginnende avondkoelte tegen. Daarna zette ze de computer aan. De cam liet ze uit.

Mooi, hij was er. Ze liet Edelsteentje zeggen: 'Zo wil
ik het niet, Yoram, je moet me niet dwingen dingen te
doen die ik niet wil.'

'Nu maak jij een grapje zeker?' was het antwoord. 'Ha
ha. Je wilt wel.'

'Nee, ik meen het serieus,' typte Jade.

'Ha ha,' reageerde hij opnieuw.

Jade was al boos, nu werd ze pissig. 'Anders maak ik het
uit!'

'O, gaan we dreigen? Nu moet ik nog harder lachen.
Weet je, jade-liefje, ik heb alles opgenomen gisteravond

en ik kan heel gemakkelijk een en ander op internet zetten. Fotootje, filmpje. Ik heb je alvast wat gestuurd. Heb je dat al gezien?'

Jade zweeg, staarde naar de afschuwelijke woorden.

'En je ouders zullen er ook wat van te zien krijgen. Ze weten niet half hoe mooi hun dochter is.'

Hij luisterde gewoon niet naar haar! Hij was niet van plan rekening te houden met háár gevoelens! Jades handen lagen besluiteloos op haar knieën en ze kneep ze stevig tot vuisten. Onder in beeld zag ze dat Malini online was gekomen. Kon ze Malini maar om hulp vragen!

Ja, Malini stuurde een bericht. Nu moest ze twee gesprekken tegelijk voeren, normaal geen probleem, maar nu…

En als ze Malini toe zou voegen aan haar gesprek met Yoram? Nee, dat was geen goed idee. Malini zou niet weten wat er gebeurde. Dat was niet eerlijk.

'Jade, waar blijf je?'

Jade was echt bang nu. Hij zou doen waarmee hij dreigde, ineens wist ze dat zeker. Wat moest ze doen? Wat kon ze doen? Wat zou Malini zeggen als ze iets wist? Jade probeerde zich voor te stellen hoe haar vriendin zou reageren. Kappen, en direct?

'Jade, geef antwoord!'

Hem blokken? Maar hij kon altijd mailtjes blijven sturen. En dan zou hij zeker haar foto's op internet zetten, daarvan was ze overtuigd.

Jade voelde het zweet langs haar rug naar beneden glijden. Dat kwam niet alleen door de warmte.

'Ik was even met een vriendin aan het praten.'

'Ik wil jou voor mij alleen. Wat wij hebben is zo speciaal, daar mag niemand tussen komen. Zet haar uit.'

Jade gehoorzaamde. Had ze een keus? Ze zei tegen Malini dat ze er morgen weer zou zijn.

'Mooi. En nu je cam aan. Wees een lief meisje. Als je je topje uitdoet, hoeven je ouders hier niets van te weten.'

Jade volgde Yorams woorden op het scherm. Dat hij weer geen cam aanhad, verbaasde haar al niet meer.

15

De dag erop ging in verwarring voorbij. Op deze zonnige zondag ging Jade zwemmen met Malini, Sacha en Lian. Ze lagen op hun kleurige handdoeken op het bomvolle zandstrandje van het bosbad. Zo veel mensen, dacht ze, en zo veel bloot. Het was ineens niet gewoon meer.

Ze bespraken de jongens om hen heen. Jade speelde de rol van vrolijke vriendin die ze tenslotte tot voor kort ook nog was. Maar om zich heen kijken durfde Jade niet goed, bang ineens voor de blikken van de jongens naar haar lichaam. Ze voelde zich helemaal niet mooi meer.

'Die! Die daar! Dat is wel een stuk!' zei Lian.

'Iets verderop zit ook wel een knappe,' zei Jade terwijl ze door haar wimpers gluurde.

Sacha blies haar krullen uit haar gezicht. 'Ik vind hém veel lekkerder.'

'Nee, zeg!' reageerde Lian verbaasd. 'Die is te stevig, en heeft een te dikke kont, en dat voor een jongen!'

Sacha lachte. 'Dat vind ik juist prettig. Dan héb je ook wat!'

Het viel Jade op dat Malini niet al te enthousiast meedeed, al keek ze wel in het rond. Jade stootte haar aan. 'Geen interesse?'

Malini grinnikte. 'Jawel, maar eigenlijk nog maar in één exemplaar! Hij zou ook hier komen.'

Malini werd de laatste tijd helemaal in beslag genomen door haar verovering uit *Cool*. Ze hield haar vriendinnen uitgebreid op de hoogte van hun afspraakjes. Maar wat ze precies uitspookten als ze samen waren, vertelde ze niet. Dat zou Jade wel willen weten: gingen zij al onder de kleren? Kleedde Malini zich ook al uit?

Jade zou dolgraag haar vriendinnen nu om raad willen vragen, en aldoor stelde ze zich voor hoe ze zouden reageren na haar: 'Luister eens, die Yoram, die wil...' Maar ze durfde niet. Dus hield ze haar mond.

Als het te warm werd in de zon, namen ze een duik. Jade zwom weg van haar vriendinnen naar het midden van de zandafgraving en draaide zich om naar de drukte langs de waterkant. Mannen en vrouwen, meiden en jongens. Hoeveel van hen zouden problemen hebben met hun verkering? Zou het bij anderen wel allemaal soepel verlopen? Wilden die wel allemaal hetzelfde?

Lag het misschien aan haar? Zouden anderen wel gedaan hebben wat Yoram wilde? Hoe moest het nu verder? Ze kon hier toch niet steeds mee doorgaan? Ze vond het niet leuk zo! Toch hem blokken? Maar dan... Wat gebeurde er dan? Ze kwam er niet uit.

Terug bij haar handdoek zag ze dat hun groepje was uitgebreid. Malini giechelde wat af met haar Thies. Hij had een vriend meegenomen die vooral met Lian kletste. Met z'n vieren dropen ze af om ijs te kopen en Jade wisselde een blik met Sacha. Te dik, te dun.

Had Yoram de waarheid wel gesproken? Vond hij haar wel echt mooi? Moest ze daar nu ook aan twijfelen?

Nu, dacht ze, nu kan het. Alleen aan Sacha vertellen...

Of toch niet? Net doen of het iemand anders was overkomen? Er een theoretisch verhaal van maken? Stel nou Sas, wat zou jij doen als...

Nee, Sacha zou weten dat het haar was overkomen. Had Sacha haar niet gewaarschuwd? 'Is hij geen viezerik?' Dat had ze toch gevraagd? En dan moeten toegeven dat ze gelijk had...

Jade zweeg. Een zondag lang. Misschien moest ze haar computer niet meer aanzetten. Maar zou hij dan niet ook de foto's op internet zetten...?

Loom fietsten ze aan het einde van de middag terug naar huis. Na het eten moest Jade haar huiswerk nog maken. Het was niet veel, maar ze moest er wel even voor gaan zitten. Haar gedachten echter bleven kringetjes rond Yoram draaien. Ineens schoot haar iets te binnen: als ze nu eiste dat hij zich liet zien, en hij was echt iemand anders, dan wist ze dat ze hem moest blokken. Dan was het foute boel. Maar was hij wél de jongen van de foto, dan kon ze nog eens proberen uit te leggen dat hij haar had beledigd, en dan zouden ze dat kunnen uitpraten. Dan zou blijken dat hij problemen had. Daarover had hij toch een keer iets verteld? Hij had toch een dip gehad? Dan zou hij zeggen wat er aan de hand was. Ergens zou er een verklaring voor zijn gedrag zijn en dan wilde ze wel met hem doorgaan. Misschien.

Ze logde in. Yoram was online.

ZuperZound zegt: ben je er nu pas?
Edelsteentje zegt: ik heb gezwommen met m'n
vriendinnen. en daarna nog huiswerk

ZuperZound zegt: alleen met vriendinnen?
Edelsteentje zegt: er waren twee jongens
ZuperZound zegt: wie waren dat? je had toch geen vriendje?
Edelsteentje zegt: die waren er niet voor mij
ZuperZound zegt: jij hebt mij nu. en ik heb jou
Edelsteentje zegt: Yoram, ik heb je zo vaak gevraagd naar je webcam
ZuperZound zegt: snoertje, toch
Edelsteentje zegt: ik geloof je niet
ZuperZound zegt: ach, babe, niet weer
Edelsteentje zegt: ik ga alleen met je door als jij je cam aanzet
ZuperZound zegt: dan eerst jij je topje uit
Edelsteentje zegt: nee
ZuperZound zegt: dan geen cam
Edelsteentje zegt: nou oké dan
ZuperZound zegt: mooi, mooi, fijn, lekker
ZuperZound zegt: en je rokje
Edelsteentje zegt: nee
ZuperZound zegt: dan geen cam
Edelsteentje zegt: krijg ik je dan echt te zien?
ZuperZound zegt: weet je zeker dat je het wilt?
Edelsteentje zegt: ja
ZuperZound zegt: eerst rokje
Edelsteentje zegt: heb ik gedaan
ZuperZound zegt: laat zien

```
ZuperZound zegt: verder omlaag die
camera
ZuperZound zegt: mooi
ZuperZound zegt: en nu slipje uit
Edelsteentje zegt: NEE
ZuperZound zegt: wel!
Edelsteentje zegt: NEE
```

Jade, alleen gekleed in haar slipje, pakte in een opwelling
de headset. Ze zei nu tegen hem, ervan overtuigd dat hij
haar kon horen: 'Jij doet je cam aan. Ik weet zeker dat je
die hebt, al die tijd had je die. Maar je wilde je niet laten
zien. Jij bent vast Yoram niet. Of misschien heet je zo,
maar ben je... Jij bent...'

ZuperZound gaf ondertussen antwoord op het scherm:
'Je bent mooi zo boos!'

```
Edelsteentje zegt: shut up! cam aan!!!
```

En Jade riep erdoorheen: 'Ik heb er recht op te weten wie
je bent. Ik heb zo veel voor je gedaan. Kijk dan, man, ik
zit hier...'

```
ZuperZound zegt: ja ik zie jou, prachtstuk
Edelsteentje zegt: cam aan!!!
ZuperZound zegt: okeej okeej
```

Stond dat er echt? Zou hij het nu doen? Er gleed een licht
glimlachje over Jades bezwete gezicht. Geërgerd veegde
ze met de rug van haar hand over haar voorhoofd, met

haar tong proefde ze het zout op haar bovenlip. Pfff, warm was het nog. Vol spanning keek ze naar het scherm. 'Waar blijf je nou?' riep ze uit.

Ineens was er beeld. Jade knipperde met haar ogen. Hè? Wat was dat? Haar hart had het eerder begrepen dan haar hoofd. Dat begon geschrokken te bonken, paniekerig en snel. Toen drong het ook tot haar hersens door. Of duurde het gewoon even omdat ze haar ogen niet geloofde…

Ze zag Yoram, wie dat dan ook mocht zijn. Maar ze zag niet de jongen van de foto. Nou ja, misschien ook wel, maar geen gezicht. Niks herkenbaars. En toch weer wel.

Ook al had ze dit nooit eerder in het echt gezien, Jade begreep wat ze zag. De cam was gericht op zijn naakte onderlijf. Zijn hand eromheen. In een rukkende beweging.

In een reflex drukte Jade het knopje van de monitor uit. Het beeld verdween, het scherm was donker. Ze sloeg haar hand voor haar mond, de inhoud van haar maag kwam omhoog. Nee! Jade stond wild op, duwde de stoel naar achteren die met een bonk omviel, en ze wilde haar kamer uit rennen. O, ze had niks aan! Ze kon zo niet de gang op rennen!

Met samengeknepen lippen trok ze snel haar slaapshirt om haar schouders en bereikte net op tijd de wc op de gang.

Nog een geluk dat er niemand van haar familie in de buurt was, dacht ze toen ze even later doorspoelde. Ze trok haar T-shirt aan, waste haar handen, spoelde haar mond en liep met zware passen terug naar haar kamer. Schichtig wierp ze een blik op het scherm, alsof ze verwachtte dat hij daar nog zou zijn.

Nee, het scherm was nog steeds donker. Maar dat beeld! Wat ze gezien had stond nog haarscherp op haar netvlies. Gadver! Kloterige, smerige, gore viezerik! schold ze binnensmonds. Dus toch!

Midden in haar kamer bleef Jade staan wachten. Waarop? Tot haar hart was uitgebonkt? Dat ging nog wel even duren. Ze moest iets doen!

Ineens had ze het koud. Ze trok de stof van haar T-shirt dichter om zich heen. Toen trok ze de stekker van haar computer uit het stopcontact. Mocht niet, dat wist ze best, maar nood breekt wet. Ze wilde niet het risico lopen dat hij er nog was. Ze deed de stekker er weer in, startte opnieuw op, opende msn en blokte Yoram.

Geen Yoram meer. Nooit meer Yoram.

En nu? Ze keek op haar horloge. Ze ging niet beneden zeggen dat ze al naar bed was. Dat merkten ze vanzelf. Als ze haar moeder zag, begon ze vast te huilen en dan zou ze alles moeten vertellen… Terwijl ze naar de badkamer liep om haar tanden te poetsen, wist ze het al: ze kon wel zeggen, nooit meer Yoram, maar waarschijnlijk was ze nog niet van hem af.

Ze kroop onder het dekbed, maar dat was veel te warm. Ze haalde het dekbed uit de hoes, maar zelfs alleen de stof van de hoes was te warm. Die trapte ze met haar voeten naar beneden. Jeetje, het was echt heet. Shirt uit? Nee, dat niet uit. Dan maar te warm. Ze draaide om en om. Van de ene zij op de andere. Woelde. Piekerde.

Wat nu? Wat gaat hij doen? Gaan de foto's nu het internet op? Wat stuurt hij haar ouders? School? Moest ze niet weer contact opnemen? En dan doorgaan om dit alles te voorkomen?

Maar dan zag ze die beelden weer, dat vuile rukken.

Vertellen? Durfde ze nooit!

16

Na een slapeloze nacht je aandacht bij de les houden, viel
niet mee. Als een zombie liet Jade zich die maandag op
school meeslepen door Sacha, die algauw bezorgd vroeg
wat er aan de hand was.

Jade had haar antwoord al klaar: 'Gewoon, slecht gesla-
pen. Last van de hitte. Je weet wel.'

Ook op school was het warm, maar ze had nog meer
last van dat beeld dat maar niet weg wilde. Ze zag het tegen het schoolbord aangeplakt, ze zag het in haar school-
boeken, ze zag het als ze voor zich uit staarde in de kantine.

Jade liep van uur tot uur met Sacha mee. Gelukkig hadden ze dezelfde vakken, dacht ze. Ze probeerde zich op
de les te concentreren, maar werd aldoor afgeleid door die
ene vraag. Wat ging Yoram nu doen?

De warmte was ook een goed excuus toen Malini tijdens de pauze vroeg wat er met haar was.

Ze durfde niet naar huis die middag, bang dat haar moeder haar op zou wachten met de vraag: 'Wat heb jij uitgespookt? Waar komen die rare foto's vandaan?!'

Dus ging ze met Sacha mee, huiswerk maken, proefwerken leren. Het was de laatste lesweek, beroerder kon
eigenlijk niet: elke dag proefwerk! Maar loom door de aan-
houdende hitte kwamen ze niet verder dan ijsklontjes eten

voor de tv. Jade belde of ze bij Sacha mocht blijven eten. Weer even uitstel.

's Avonds gingen ze bij Sacha in de tuin zitten leren en voor het eerst die dag lukte het Jade om Yoram even uit haar hoofd te zetten.

Maar toen was het toch tijd om naar huis te gaan. Met bonkend hart stapte ze hun huis binnen, en boven aan de trap hijgde ze alsof ze een eind had hardgelopen. Ze stak haar hoofd om de hoek van de kamerdeur. 'Hoi, ik ben er weer.'

'Dag Jade, gezellig gehad?'

Tot haar grote opluchting zei haar moeder verder niets. Jade liep verder naar boven. Voor haar eigen kamerdeur aarzelde ze een moment. Op haar kamer stond haar computer en in die computer...Voorzichtig ging ze naar binnen, alsof ze verwachtte dat Yoram weer te zien zou zijn, maar natuurlijk was het scherm alleen maar een grote zwarte vlek.

Ze vermeed het naar de computer te kijken, laat staan dat ze hem aanzette. Of moest ze dat juist wel doen? Moest ze nu kijken of hij een bericht had gestuurd, welke acties hij had ondernomen?

Nee, ze durfde niet. Ze was moe. Ze wilde niets meer met hem te maken hebben.

Ze kleedde zich uit, gooide haar kleren van zich af en vluchtte haar bed in. Haar rokje was over de monitor van haar computer terechtgekomen. Laat maar liggen. Zo was die computer mooi uit het zicht. Nou ja, een beetje, het was maar een klein rokje.

De volgende dag op school durfde ze niet op te kijken

als ze door de gangen liep. Nu kon het gebeuren, iemand zou haar aanspreken: 'Hé Jade, ik heb een heel een maffe foto van jou op internet gezien!'

Of er zouden jongens gaan fluiten als ze langs haar liepen. Of ze zou op het matje geroepen worden bij de rector: 'Er staat een foto van jou op de website van de school. En die foto is…' Jade durfde zich dat gesprek niet voor te stellen. Wat een afgang!

Maar het bleef angstvallig stil. Jade ging steeds meer zweten. Elke pauze spoot ze nieuwe deo onder haar oksels. Of kwam dat door het weer? De temperatuur liep nog verder op en het werd broeierig.

Maar die dinsdag sprak niemand haar aan, en op woensdag ook niet. Ze waren nog op school toen de lucht ineens heel donker werd. De eerste klap was loeihard en ze schoten met z'n allen naar het raam. Opgewonden keken ze naar dat machtige schouwspel van regen, donderwolken en bliksemschichten. Van les krijgen was geen sprake meer. Voor het eerst in haar leven was Jade niet bang voor onweer, ook al hing deze bui recht boven hun hoofd. Wat stelde dat nu voor in vergelijking met die andere bui die boven haar hoofd hing? Daarna was het gelukkig een stuk koeler.

De hele week ging Jade met Sacha mee om te leren: bij haar kon ze zich het best concentreren, maar het was ook omdat ze daar niet bang was voor vragen over foto's. Sacha vroeg ook niet waarom ze niet online was, want ze zat steeds bij háár, maar Malini en Lian stelden die vraag wel.

'Geen tijd! Ik zit al de hele week bij Sacha te leren,' zei Jade snel.

'En ga je niet ook meer naar Sugababes?' vroeg Malini. 'Heb je wel gezien dat ZuperZound jou vraagt contact op te nemen?'

'O, echt?' Help! Jade voelde hoe het zweet haar weer uitbrak. Wat moest ze zeggen? 'Nee, ik ben nu te druk met leren. Maar dank je voor de tip. Ik ga vanavond wel even online. En anders morgen.'

Maar dat ging ze dus mooi niet doen! Ze ging nóóit meer online.

Toen haar vriendinnen op een ander onderwerp overgingen, bedacht Jade dat ze volgende week geen excuus meer had. Dan waren ze vrij! Alleen nog de sportdag maandag en dan hadden ze vakantie! Dan was ze de hele dag thuis, dus dan was het wél raar als ze niks meer met haar computer deed. Hoe moest dat volgende week? Welke smoes klonk geloofwaardig?

En… hoe kwam ze haar dagen door zonder haar computer?

Tijdens het leren wilde ze niets liever dan Sacha alles vertellen. Maar ze durfde nog steeds niet. Ze zat met gebogen hoofd over haar boek en dacht aan alles wat er gebeurd was. Ze schaamde zich rot. Jeetje! Wat een ellende! Ze kon haar problemen niet eens bespreken!

En elke keer ging ze met lood in haar schoenen naar haar eigen huis terug. Durfde ze amper de trap op, bang dat haar moeder daar zou staan: 'Jade! Wat heb jij uitgespookt?! Hoe kun jij dát doen!'

En dan kwam ze op haar kamer met die zwijgende computer. Welke dreiging hield hij in zijn binnenste verborgen? Welke afbeeldingen? Welke woorden? Jade voelde tranen opkomen. Yoram had haar eigenlijk veel meer aangedaan! Haar kamer was geen fijne plek meer met die ellendige computer en ze kon niet meer msn'en! Ze miste haar vriendinnen! Ze stond helemaal alleen! O, hoe kon ze ooit zó stom zijn geweest! Wat had ze een spijt!

Of moest ze het gewoon wél doen, msn'en? Daar kon hij haar niets maken. Ze zou alle ingekomen mail negeren. Maar ze kon er niet toe besluiten. Op de een of andere manier durfde ze niet. Kon ze maar een andere computer kopen... Maar ja. Dan nog zouden die foto's op internet kunnen staan...

Zou ze ze gaan opzoeken...? Googelen: Jade, afbeeldingen. Dan wist ze het zeker. Nee, ze wilde het niet weten. En wie zei dat ze onder haar eigen naam ergens stonden?

Ze pakte het groene boekje en las alle bladzijden. Ze kon niet begrijpen dat dit dezelfde Yoram was. Wás hij wel dezelfde? Ze zou het nooit weten. Ergens was er iets heel erg misgegaan.

Zou ze het boekje weggooien? Nee, dat ging haar te ver. De woorden waren te mooi. Wel stopte het ze het goed weg. Voorlopig wilde ze het niet meer zien.

De donderdag ging voorbij. Ze moest oppassen. Ze probeerde of op de computer van Jan en Monica msn stond. Kon ze toch even kletsen. Maar helaas.

De vrijdag ging voorbij. Haar ouders zwegen. Betekende dat dat het wel meeviel? Had hij zijn dreigementen niet uitgevoerd? Jade maakte haar laatste proefwerk en ze gingen met de hele klas naar het café om dat te vieren. Voor het eerst die week kon Jade ontspannen.

17

Onrustig dwaalde Jade door het weekend. Ze hielp haar moeder met schoonmaken en boodschappen doen, maar daarna wist ze het niet meer. Wat moest ze doen? Ze maakte ook haar eigen kamer schoon en ruimde stevig op. Daarna richtte ze haar kamer anders in: bureau in een andere hoek, de kast tegen de andere muur. Nieuwe posters aan de wand. 's Avonds zat ze in haar schone, nieuw ingerichte kamer, en wist het opnieuw niet. Ze had alle tijdschriften op een gegeven moment wel gehad. Tv-kijken dan maar.

Haar moeder had de hele week al zo naar haar gekeken, maar ze zei alleen: 'Gezellig dat je weer eens beneden zit.' En even later: 'Ik hoor het wel als je wilt vertellen wat je dwarszit.'

Op zondag was het helemaal lastig iets te verzinnen om de tijd door te komen. Ze had het idee dat ze zat te wachten, maar waarop? Tot het vreselijke zou gebeuren?

Jade zuchtte, voelde zich lamlendig. Had ze zich ooit eerder zó eenzaam gevoeld? Ze hield haar ouders nauwlettend in de gaten: wanneer gingen ze achter de computer zitten?

's Middags hield Jade het niet meer uit. Ze sprong op en zei: 'Ik ga even bij Sacha langs, hoor.'

Toen ze buiten stond, bedacht ze dat ze dat dus helemaal niet wilde. En ook niet naar Malini. Lian dan? Die was altijd zo rustig en onverstoorbaar. Maar nee, ze wilde helemaal het risico niet lopen dat een van haar vriendinnen haar uit ging horen. Dan zou ze het niet meer voor zich kunnen houden. Ze moest maar gewoon afwachten tot er iets ging gebeuren. Of misschien ging het gewoon wel voorbij, alles.

Hetty! Ze kon even bij haar oma langs. Niet om erover te praten, maar gewoon om even iemand te hebben voor een praatje dat nergens over ging.

Ze was thuis, gelukkig. Jade liet zich op de bank vallen en begon opgewekt te kleppen. Hetty schonk wat te drinken in en luisterde terwijl ze af en toe wat vroeg om de stroom woorden te kunnen volgen. Opeens zei ze: 'En vertel nu maar eens waar je écht voor komt.'

Jade viel stil. 'Eh... Ik kwam zomaar. Dat doe ik altijd.'

'Maar nu niet. Nu is het anders. Nu...'

Jade viel haar in de rede. 'Nee hoor, er is niks. Ik ben gewoon zó blij dat school afgelopen is, dat de vakantie begint. Ik denk dat ik overga, en dan volgend jaar examen! Stel je voor, en daarna een andere opleiding! Ik dacht, ik moet even naar buiten, ik dacht...'

Maar nu onderbrak Hetty háár: 'Er is dus wel iets?'

'Nee, hoezo?'

Jade bedacht wanhopig dat ze dus beter niet had kunnen komen. Hetty keek dwars door haar heen!

'Je ontkent dat er iets is op een manier die me het tegengestelde doet geloven.'

Jade beet op haar lip die verdacht begon te trillen. Ineens voelde ze zich moe, zó moe. Hetty ging naast haar op de bank zitten en sloeg haar arm om haar heen. Tja, dáár kon ze nu dus even niet tegen. Voor ze er erg in had, stroomden de tranen over haar wangen.

'Oké, meisje, huil maar! Dat zal je goeddoen. Toe maar, huil maar, het komt goed.'

'Néé!' gilde Jade plotseling. 'Het komt niet goed! O, ik heb zó stom gedaan!'

En toen moest ze het wel vertellen. Maar eerst moest het gesnotter een beetje voorbij zijn, want Hetty verstond er niks van. Daarna vertelde Jade het hele verhaal van begin tot en met het laatste moeilijke stukje.

Haar oma zei eerst niets toen Jade klaar was met vertellen. Ze stond op en Jade volgde haar oma met haar blik terwijl die nog een keer wat sap inschonk. Ze ging weer naast Jade op de bank zitten en uiteindelijk zei ze: 'Zo, wat een indrukwekkend verhaal.'

Jade kon er niks aan doen, ze moest even glimlachen. Ze voelde zich al iets rustiger nu ze alles had verteld.

'Dus je had verkering met die jongen?'

'Ja, zo zou je dat kunnen noemen.'

'Verkering via internet? Je kunt dus ook verkering via internet hebben?'

'Ja, dat is tegenwoordig heel gewoon, hoor. We doen alles via msn. Dat snap je misschien niet.'

'Nee, maar ik snap wel dat je ook dan respectvol moet zijn. Je mag elkaar nergens toe dwingen. Als jij iets niet wilt, dan moet hij dat accepteren.'

Jade zweeg. Het klonk volkomen logisch.

'Maar je kende hem niet in het echt?'

Jade schudde haar hoofd. 'We hadden nog nooit wat afgesproken. Gelukkig niet.' Stel dat ze dat wél had gedaan...

'En je weet niet hoe hij heet en waar hij woont en zo.'

Weer schudde ze met haar hoofd.

'Dat is lastig.'

'Waarom?'

Maar Hetty dacht na. 'Hij is te ver gegaan. Wat hij heeft gedaan, mag niet, Jade,' zei ze.

'Het is mijn eigen schuld,' mompelde Jade.

'Wat?' Haar oma schrok en ging rechtop zitten. Ze nam Jades hand in die van haar. 'Nee! Zeg dat niet!' zei ze met nadruk. 'Je was misschien naïef, je hebt misschien niet goed nagedacht over de gevolgen, maar het is níét jouw schuld!'

Dat maakte Jade in de war. 'Maar ik heb mezelf uitgekleed...'

'Oké, oké, hij heeft jou zover gebracht door lieve woordjes! Je zei zelf dat je verliefd was, en verliefde mensen kunnen niet helder nadenken. Maar daarna heeft hij jou gedwongen dingen te doen die jij niet wilde! Je hebt altijd het recht "nee" te zeggen, en dat heeft hij niet geaccepteerd.' Hetty stond op en begon door de kamer te lopen. 'In elke relatie is het belangrijk respect te hebben voor elkaar. Dus ook in jullie internetrelaties. Dat is niet anders dan in het echt. Je mag niet dwingen.'

Haar stem klonk streng, en Jade hoorde de boosheid erin doorklinken, maar gek genoeg luchtte het haar op. Ze was wel boos, maar niet op haar! Toch? Voor de zekerheid vroeg ze het: 'Ben je boos op mij?'

'Nee, op die jongen! Je hebt een rotervaring opgedaan, en dat komt door hém!' Haar ogen schoten vuur.

'Wat moet ik nu doen?' piepte Jades stem.

Haar oma ging weer zitten. 'Ik weet het niet,' zuchtte ze. 'Ik heb niet veel verstand van dit soort dingen.'

Het bleef even stil. Toen zei ze: 'Weet je wat ik vaak heb gedacht? Ik ben heel blij dat ik nooit vervelende dingen met seks heb meegemaakt. Ik ben nooit gedwongen tot iets, ik ben nooit aangerand, nooit verkracht. Dat lijkt me vreselijk.'

Ze aarzelde en Jade hield haar adem in.

'Kun je geen aangifte doen?' vroeg Hetty na een tijdje.

'Aangifte?'

'Als je bent aangerand, kun je aangifte doen bij de politie. Waarom dan nu niet? Is dit niet net zoiets? En daarbij: hij chanteerde jou!'

Pfff. Politie, aangifte? Van die woorden werd Jade een beetje bang. Het maakte het alleen maar erger. Ze blies hoorbaar haar adem uit. 'Ik weet geen naam, geen adres. Ik weet dus eigenlijk niks van hem.'

'Hij heet toch Yoram?'

'Maar in het echt heet hij natuurlijk anders. Iedereen heeft een nickname tegenwoordig, en ik heb alleen zijn e-mailadres.' Toen voegde ze er aarzelend aan toe: 'Ik ben alleen maar geschrokken.'

Waarom zei ze dat nou? Wilde ze het wat afzwakken? Omdat Hetty over aangifte begon? Het klonk zo ernstig, zo serieus… Eigenlijk wilde ze alleen maar dat het stopte en dat ze gewoon weer kon msn'en.

'Hij heeft grenzen overschreden,' zei haar oma zachtjes. 'Dat is net zo goed misbruik. Misbruik door middel van internet. En als hij echt die foto's op internet heeft gezet, heb je nog bewijs ook.'

Jade wist niets te zeggen en dacht aan alle vreselijke dingen die daaruit voort konden komen.

'Weten je vriendinnen ervan? Weten zij niet wat je kunt doen?'

Jade voelde haar wangen warm worden. 'Ik schaam me zo...' zei ze zacht.

Hetty streelde licht met haar vingers langs het rode gezicht. 'Je hebt het nu ook aan mij verteld.'

Er kwam een gedachte boven waar Jade van schrok. 'Je zegt niks tegen papa en mama, hè?'

'Nee, natuurlijk niet. Maar misschien moet je dat zelf doen?'

Jade begon wild met haar hoofd te schudden. 'Nee! Dat durf ik nooit.'

'Het hoeft niet direct,' zei Hetty. 'Denk er maar over na.'

18

Jade stond aan de zijlijn van het sportveld haar teamgenoten bij het softballen aan te moedigen. Ze waren aan slag en als Moustafa en Nadia nu binnenkwamen, stonden ze voor. Dan hadden ze alle wedstrijden tot nu toe gewonnen.

De tegenstanders stonden met gele hesjes aan en met de softbalhandschoenen in de lucht gestoken klaar in het veld. Lian was aan slag. Misschien kon ze weer zo'n mooie homerun maken.

Lian was een kei in sport. Ze stond wijdbeens met de knuppel schuin achter zich, precies in de goede hoek. De pitcher gooide de bal en precies op het goede moment kwam Lians slaghout in actie. Plok! Met een rake klap vloog de bal hoog door de lucht.

'Ja! Lian! Rennen!' Ze juichten toen ze zagen hoe de tegenstander de bal liet schieten en erachteraan moest rennen. Moustafa kwam binnen, Nadia ook en Lian sprintte door. De bal was nu op de terugweg. Jade schreeuwde haar longen uit haar lijf. Yes! Lian was binnen! Net op tijd!

Overal om haar heen klonk het geplok van ballen tegen slaghout, rennende voetstappen en het geschreeuw van de aanmoedigende teams. Het grote sportveld van de school was ingedeeld in een aantal slagbalvelden, waar alle derdeklassers van het vmbo in gemengd samengestelde teams

126

hun sportdag hadden. Jade zat in een team met Lian en verder leerlingen uit parallelklassen.

Het was een bewolkte dag, maar niet koud. Als ze niet speelden, zaten de leerlingen in groepjes bij elkaar aan de rand van het sportveld, of ze moedigden hun klasgenoten aan.

Malini en Lian waren direct aan het begin van de sportdag verontwaardigd op haar afgelopen. 'Wat ben jij nou helemaal aan het doen? Je laat je niet zien, je bent niet op msn, je reageert niet op onze sms'jes. Waar is dat goed voor?'

Jade keek een beetje ongelukkig naar haar vriendinnen die echt niet snapten waar haar gedrag van dit weekend vandaan kwam, en dacht na over een geloofwaardige verklaring.

'Man, we hebben vakantie!' gingen ze verder. 'En jij verbergt je! Heb je soms een geheime liefde waar we niks vanaf mogen weten? Die Yoram misschien, waar je aldoor mee zit te chatten? Met hem wel, hè?'

Sacha kwam er ook bij staan. Ook met haar had Jade het hele weekend geen contact gehad. Dat Jade wel het hele weekend aan hen had gedacht, kon ze nu niet zomaar zeggen.

Ze haalde haar schouders op. 'Nee, hoor,' ontkende ze. 'Ik ben er eventjes niet, weet je, voor niemand. Time-out. Even alleen met mezelf. Komt wel weer.'

Ze vonden het maar wát vreemd, dat lieten ze duidelijk merken. Ze keken steeds haar kant op, merkte Jade, toen de wedstrijden begonnen. Er waren meer leerlingen die haar een merkwaardige blik toewierpen. Of verbeeldde ze zich dat maar?

Jade nam net een hap uit haar appel toen er opnieuw iemand langs haar liep met zo'n overduidelijk typische blik in haar ogen. Betekende dat...?

Nee, hè? Jade kreeg het ineens koud. Ze stond op en liep naar de kleedkamers om haar trui op te halen. Toen ze terugliep, had ze het gevoel dat iedereen naar haar keek of over haar praatte. Dat kon maar één ding betekenen...

Wat nu? Ze ging niet bij haar teamgenoten zitten, ze bleef aan de rand van het veld in haar eentje staan kijken tot ze werd geroepen dat ze weer moesten spelen. Met het zweet op de rug om de opmerkingen die ze verwachtte, liep ze naar haar team, maar niemand zei iets. Durfden ze er tegenover haar niet over te beginnen?

Toen was er een jongen uit 3VC die het hardop tegen haar zei: 'Mooie foto's, Jade!' Hij grijnsde breed. En een ander riep: 'Ja, stoer hoor!'

Er werd gegniffeld. Jade was niet langer geconcentreerd en miste de ene bal na de andere. De volgende wedstrijd sloeg ze steeds drie keer wijd. Haar team begon te mopperen: ze stonden er zo goed voor, en nu moest Jade het niet verpesten!

Jade kon merken dat het nieuws als een lopend vuurtje het sportveld rondging. Steeds meer van die merkwaardige blikken en lacherige opmerkingen. De jongens: 'Hé, chick! Je staat er fraai op!' En: 'Leuke carrière heb je gekozen!' Of: 'Mooie tieten, zeggen ze!' En ze gluurden naar haar borsten.

En de meiden: 'Jij hebt lef!' Maar ook: 'Nou ja, zeg, dat je dát doet!'

Jade voelde zich hoe langer hoe beroerder. Nu was het

wachten tot het nieuws haar vriendinnen bereikte.

Jades team werd uiteindelijk tweede. Niet slecht, vond Jade. Maar Lian riep: 'We hadden kunnen winnen!'

Uit de automaat in de kantine haalden ze flesjes cola waarmee ze op het veld gingen zitten. Even bijkomen en dan douchen. Iemand zei iets tegen Lian. Drie keer raden wat… Er werd ingehouden gelachen. Lian keek verbaasd naar haar, deed haar mond open en weer dicht. Daar kwamen Malini en Sacha. Lian wenkte hen, fluisterde hen wat in het oor, en toen keken ze alle drie naar Jade. Die hield het niet meer. Ze stond op en ging douchen.

Even later kwamen Lian, Malini en Sacha eraan. Ook zij doken onder de douche. Met het schuim nog in hun haren zeiden ze: 'Klopt het wat we hebben gehoord?'

Er waren te veel anderen om hen heen. Dat snapten ze ook wel. Jade haalde slechts haar schouders op. Maar na het douchen lieten ze zich met z'n vieren op het gras vallen, buiten gehoorsafstand van anderen.

Malini vroeg het: 'Wat zijn dat voor foto's waar iedereen het over heeft?'

'Wat hebben jullie precies gehoord?' vroeg Jade timide.

'Sexy foto's, blote borsten, sexy look,' zei Malini. 'En zulke foto's heb ik niet gemaakt.'

Jade zuchtte. 'Yoram,' fluisterde ze toen.

'Yoram?' vroegen ze alle drie tegelijk.

Toen moest Jade wel alles zeggen. Ze liet niks weg, vertelde precies alles zoals het gegaan was. 'En die foto's,' besloot Jade, 'dat zijn opnamen van de cam. Of andere bewerkingen van de foto's die ik hem heb opgestuurd. Ik weet het niet, ik heb ze zelf niet gezien. Alleen wat hij mij stuurde met de mededeling dat hij ze op internet zou zetten. En dat heeft hij dus nu gedaan.'

'Tjee, zeg, wat een eikel!' riep Malini verontwaardigd.

'Rot voor je!' vond Lian.

'Goeie actie hem te blokken,' zei Sacha.

Jade kneep haar lippen op elkaar. 'Maar ja, daar heb ik nu die foto's aan te danken.'

'Dus hij chanteerde je?' vroeg Lian.

'Ja, daarom ging ik er eerst nog mee door.'

'En hoelang loop je er al mee rond? De hele week al?' wilde Sacha weten.

Jade knikte.

'Waarom zei je niks?' kwam Malini met de volgende vraag.

'Ik schaamde me rot. Ik had het er zelf naar gemaakt, tenslotte.'

'Nou, dat weet ik nog zo net niet,' zei Malini fel. '*Hij* heeft zich misdragen.'

'Dit is ongelooflijk klote,' zei Sacha.

Lian vroeg: 'Wat weet je eigenlijk van hem?'

'Ja,' zei Malini, 'wie is het? Is-ie jong, oud? Wat heb je van hem gezien? Had hij vetrollen? Nee? Strakke buik? Dan is-ie nog jong.'

Sacha gaf Malini een elleboogstoot. 'Jong en strak is niet altijd hetzelfde,' zei ze een beetje boos.

'Ik weet niet zo veel,' zei Jade. 'Ik denk dat hij een jaar of zeventien, achttien is, maar misschien deed hij alsof hij zo oud was. Op Superdudes heeft hij wel foto's staan, maar die kunnen ook van iemand anders zijn, net als die foto's die ik jullie liet zien, van Yoram in de zeilboot. En verder… eh… hij woont in de Randstad. Doet vwo.' Jade zweeg. Vaag, allemaal. Niets wist ze van hem, niets concreets. 'Tja, jee,' besloot ze, 'hij kan iedereen zijn… Ik heb zijn e-mailadres…'

'Hij heeft allang een ander, natuurlijk,' bedacht Lian.

Jade zei: 'Ik weet niet. Ik heb de hele week geen computer aangeraakt.'

'Hoe kon je dit nou doen?' vroeg Sacha toen. 'Ik bedoel…'

Jade keek haar aan. Sacha's gezicht stond eerder bezorgd dan verwijtend. Jade begon ineens: 'Ja, maar op tv dan? Ook zo veel bloot! Weten jullie nog dat we het er laatst een keer over hadden?'

'Daarom hoef jij het nog niet te doen.'

'Wist ik veel dat hij zo vervelend zou gaan worden,' verdedigde Jade zich. 'Het was eerst echt heel bijzonder en spannend.'

'Ja,' zei Malini ineens, 'ik heb ook wel eens iets stouts gedaan voor de webcam.' Ze giechelde. 'Gewoon voor de kick, omdat het spannend is. Het hoeft niet vervelend af te lopen, het kan ook gewoon leuk zijn.'

Ze keken haar alle drie aan.

'En ik ben de enige niet, hoor,' voegde ze eraan toe.

'Waarom loopt het bij mij dan wel vervelend af?' vroeg Jade zich af.

'Je had gewoon pech met die Yoram,' dacht Malini.

'Wist jij dat wel,' vroeg Sacha haar, 'dat je met de webcam de beelden kunt opslaan?'

De huidskleur van Malini's gezicht leek een beetje donkerder. 'Nee, dat wist ik niet,' zei ze eerlijk.

Lian keek Jade aan. 'Wat ga je nu doen?'

Jade haalde haar schouders op. 'Niks, denk ik. Ik ben veel te bang... Straks weet iedereen het...'

'Als hij jou nu verder met rust laat, is er toch niks meer aan de hand?' opperde Malini. 'Klaar. Over. Uit.'

'En trek het je niet aan van die foto's,' raadde Lian haar aan.

En Malini voegde eraan toe: 'Er staat zo veel bloot op internet.'

'Maar als er nou meer foto's komen?' vroeg Sacha.

Jade knipperde met haar ogen. Ze moest er niet aan denken. En aangifte doen, zoals Hetty had gezegd? Ze begon er maar niet over. Straks vonden haar vriendinnen dat een goed plan en moest ze daarmee aan de gang. Ze wilde gewoon maar dat het afgelopen was, klaar, over, uit, zoals Malini zei, zodat ze verder kon met het leven van alledag.

'Weet je, wij houden het wel voor je in de gaten,' zei Sacha. 'We zullen eens op die site gaan kijken.'

'Stomme gozers,' mopperde Lian. 'Jongens en seks en relaties: zo moet het dus niet.'

Nee, dacht Jade, maar hoe moet het dan wel?

19

En zo begon de vakantie, maar het vakantiegevoel bleef uit. Natuurlijk moesten ze hun boeken nog inleveren en hun rapport ophalen, maar ze waren al wel vrij. En Jades vakantiebaantje in het verzorgingshuis begon pas over twee weken.

Als ze geen vakantiegevoel had, wat voelde ze dan wel? Leegte. Verdriet. Woede. Ze voelde zich bedrogen en voor gek gezet. Haar vriendinnen hadden alle drie op de site gekeken waarop de foto's gesignaleerd waren, maar Jade had ze niet willen zien. Ze geloofde het wel hoe bloot ze erop stond. Op de site van school was niets te zien. Volgens Malini kon dat ook niet: sites van scholen waren vast goed beveiligd. Stel dat iedereen er zomaar van alles op kon zetten?!

'Maar die hackers dan, of hoe ze ook heten?' had Jade opgeworpen. 'Die kunnen toch overal in? Weet jij veel hoe slim Yoram met computers is?'

Misschien toch niet zo heel handig als ze eerst dacht? Ook haar ouders hadden nog steeds niets ontvangen. Wist Yoram niet meer van de dansschool of van de kapperszaak? Hij wist in welke stad ze woonden, dan kon je toch heel gemakkelijk op internet hun adres opzoeken… Of had ze nooit gezegd dat haar vader een eigen zaak had? Van haar moeders dansschool wist ze zeker dat hij daarvan op de hoogte was. En er waren maar twee dansscholen in hun stad. Of wachtte hij daarmee tot later? Jade wist het niet, maar ze bleef bang dat haar ouders de foto's te zien kregen of er iets over hoorden. Jade dacht aan haar vaders woorden toen zij hen de profielsite liet zien: 'Jade gaat hier heus wel verstandig mee om.'

Niet dus. Daarom durfde ze hun niks te vertellen.

Eigenlijk was het een enorme opluchting dat haar vriendinnen het wisten, al had Jade nog steeds geen computer aangeraakt. Tenminste niet haar eigen. Ze zat wel bij Malini, Lian of Sacha achter de computer. Alle drie, los van elkaar, maar ook in een gezamenlijke poging, probeerden ze haar over te halen actie te ondernemen, zeker toen bleek dat er nieuwe foto's op internet stonden. Uit de beschrijvingen dacht Jade wel te weten van welke avond die waren. Van de laatste keer.

Tot haar grote schrik vertelden haar vriendinnen dat er nu tekst bij had gestaan: 'Heb je zin in een lekker avondje? Mail dan….' En daar had haar e-mailadres gestaan…

Maar wat kon ze doen? Welke actie kon ze ondernemen? Hoe kon ze de foto's weg krijgen? Haar computer bleef uit, en ze wilde nu absoluut geen mailbox zien. En hoe kon ze voorkomen dat er steeds weer nieuwe foto's zouden opduiken? Hoe kon ze dit stoppen?

Dat wisten haar vriendinnen ook niet goed.

'Misschien dat iemand op school het weet?' vroegen ze zich af.

Maar eigenlijk wilde Jade niks vertellen en niks ondernemen. Ze was bang. Bang voor meer. Bang voor erger. Ze was zó blij dat school was afgelopen! Stel je voor…

Nu hoefde ze niet al die reacties op school aan te horen. Ze stond nu niet voor paal voor de héle school. Die sport-dag was al erg genoeg geweest.

Als ze op haar kamer was, ging ze op haar bureaustoel zitten. Ze staarde naar het zwarte scherm en dacht na: Zou ze hem aanzetten? Of toch niet? Wel? Niet? Ze kon alle mail van onbekenden ongelezen verwijderen, en alleen... Misschien was er wel een heel lieve mail met spijtbetuigingen en een verklaring voor zijn gedrag. En omdat zij niet had gereageerd had hij nieuwe foto's op internet gezet.

Moest zij contact met hém opnemen? Hem ongeloof-lijk uitschelden? Of toch maar niet, maakte ze het daar-mee nog erger? Moest ze het iemand van school vertel-len? Maar wie? Durfde ze dat wel? Wat konden zij doen?

Ze kwam er niet uit. Ze zat op haar stoel in haar kamer en had het idee in een zwart gat getrokken te zijn. En nie-mand kon haar helpen!

Ze moest gewoon maar afwachten, dacht ze. Het ging vanzelf wel over, hoopte ze.

Jade kwam weer van de bureaustoel vandaan. En nu? Wat moest ze nu doen? Ze wilde dat ze niet meer hoef-de te piekeren. Ze wilde dat het voorbij was.

Maar het was nog niet voorbij. Vrijdagochtend was er telefoon. Jade nam zelf op.

'Dag Jade, je spreekt met Marieke van Veenen.'

Haar mentor! Waarom belde die nou?

'Kun je vanmiddag even langskomen?' vroeg Marieke. 'Ik wil iets met je bespreken.'

Jade schrok. Iets bespreken? Wat had dit te betekenen? Zou ze blijven zitten? Had ze die laatste proefwerken, waarvan ze nog niet alle cijfers terug had, zo vreselijk slecht gemaakt dat ze niet overging? Of zou het iets anders zijn...

'Vanmiddag om twee uur, kan dat?' vroeg Marieke.

Beduusd zei Jade: 'Eh... goed. Om twee uur. Waar?'

'Fijn. Ik zit dan helemaal boven in kamer 315.'

'En mijn ouders...'

'Nee, ik wil alleen met jou praten. Tot vanmiddag.'

Nog geen kwartier later stonden haar vriendinnen op de stoep. Met een schuldbewuste blik in hun ogen.

'Wij gaan mee, het komt door ons namelijk,' zei Sacha.

'Wij willen je helpen, maar weten ook niet goed hoe,' vulde Malini aan terwijl ze met haar wijsvinger over haar wang krabde.

En Lian zei ten slotte: 'Toen zijn we maar naar Marieke gegaan om raad te vragen.'

Om twee uur precies liep Jade met Sacha door een lege school op weg naar boven. Waarom Marieke daar was en niet in haar eigen lokaal, wisten ze niet.

'Jij gaat toch wel mee naar binnen, hè Sas?' vroeg Jade vlak voor ze aanklopte.

Sacha knikte. Dat hadden ze zo afgesproken, Malini en Lian wachtten beneden in de kantine.

Jade slikte. Ze voelde de zenuwen in haar buik toen ze op de deur klopte. Een vrouwenstem riep dat ze binnen mochten komen.

Ze kwamen een niet al te grote kamer binnen waar Marieke stond te praten met een onbekende jonge vrouw. Ze draaiden zich naar de twee meiden en Marieke zei: 'Dag Jade, dag Sacha, kom binnen.'

Die andere vrouw, met een spijkerbroek en een kort, zwart met zilver truitje, had een piercing in haar rechterwenkbrauw. Marieke stelde haar aan hen voor: 'Dit is Daniëlle, zij werkt als zorgcoördinator bij ons op school.'

'Hai,' zei Daniëlle en gaf Jade en Sacha allebei een hand.

'Ik overviel je een beetje vanmorgen, is het niet?' ging Marieke verder. 'Maar ik neem aan dat je wel weet waarover het gaat? Je hebt Sacha zelfs meegenomen.' Ze maakte een hoofdknik in Sacha's richting. 'Je vriendinnen waren bezorgd om je. Ze vonden dat we je moesten helpen.'

Jade slikte een paar keer en wachtte af wat ze nog meer zou gaan zeggen. Haar lippen waren droog, ze likte erover om ze te bevochtigen.

'Boos?' vroeg Marieke.

Nee, schudde Jade met haar hoofd.

'En ik heb Daniëlle om raad gevraagd. Ook daarom zitten we hier. Vind je het goed als zij erbij is?'

'Best,' kon Jade uitbrengen.

'Dit is mijn werkkamer,' zei Daniëlle nu. 'We dachten, we gaan hier maar zitten, dat praat wat gemakkelijker dan in een lokaal.' Ze wees op de stoelen. 'Dus, ga zitten.'

Voor het raam stond een bureau met een computer, en hier bij de deur een lage tafel met vier stoelen eromheen. Op dat tafeltje stonden een leeg koffiekopje en een leeg glas, en een pak tissues. Jade liet zich voorzichtig op het puntje van een stoel zakken en hield haar blik op de tissues gericht. Mensen kwamen hier niet voor hun lol, dat was duidelijk. Sacha ging op de stoel naast haar zitten, Marieke tegenover hen en Daniëlle, die een schrijfblok en een pen van het bureau pakte, nam de laatste stoel. Ze keek Jade vriendelijk aan.

'Ik heb begrepen dat je een leuke jongen hebt ontmoet op internet,' begon Marieke. 'En je vertrouwde hem volkomen. Daarom voegde je hem toe op msn om daar te kunnen kletsen. Klopt dat?'

Jade knikte. Weer ging ze met haar tong langs haar lippen. Met haar blik nog steeds op het pak tissues gericht vertelde ze over Yoram. Bij het einde van het verhaal schoot haar hand uit naar een zakdoekje. Met veel lawaai snoot ze haar neus.

'En nu heeft hij zijn dreigementen waargemaakt,' zei Marieke. 'Er staan blote foto's van jou op internet.'

Jade knikte. 'Hij heeft de beelden van de cam opgenomen of bewaard, of hoe zeg je dat.'

Nu vulde Sacha aan: 'En gisteren heeft hij Jades e-mailadres erbij gezet.'

'En ik weet niet wat ik nu moet doen,' besloot Jade en pakte een nieuw zakdoekje.

'Het is heel goed dat je het hebt verteld,' zei Daniëlle. Jade was haar alweer vergeten. 'Weet je,' ging ze verder, 'tegenwoordig is meestal het ip-adres te achterhalen van iemands computer. Weet je wat dat is?'

Jade schudde ontkennend haar hoofd, maar Sacha antwoordde: 'Het is een soort adres van je computer, toch?'

'Ja,' zei Daniëlle. 'Zoals een huis een adres heeft, zo heeft een computer ook een adres. Als je het e-mailadres van iemand hebt, kun je zijn ip-adres achterhalen. En daarmee zijn woonadres. Als diegene tenminste vanuit zijn huis mailt en msn't.'

Ze zweeg even. Vroeg toen: 'Heb je een idee of Yoram vanuit huis met jou aan het msn'en was of bijvoorbeeld vanuit school? Dan wordt het veel lastiger om hem op te sporen.'

'Vanuit huis,' zei Jade.

Maar Sacha vroeg: 'En als hij zijn e-mailadres nu heeft veranderd?'

Daniëlle keek Jade aan. 'Heb je zijn e-mails nog? Of heb je alles verwijderd?'

'Ik heb niks gedaan,' zei Jade. 'Ik heb de computer niet meer aangezet.'

'Dat is mooi,' zei Marieke, 'dan zijn alle gegevens er dus nog.'

'Ik had msn zo ingesteld dat alle gesprekken automatisch bewaard werden,' zei Jade. 'Die staan er dus ook op.'

'Helemaal mooi. Hoe meer bewijs, hoe beter. En je cam?'

'Die heeft niks bewaard,' antwoordde Jade. 'Ik wist niet eens dat dat kon.'

'Maar dat nieuwe e-mailadres?' vroeg Sacha weer.

Nu keek Daniëlle Sacha aan. 'Dat weet ik niet precies. Het lijkt mij geen probleem, als je de gegevens van het oude maar hebt. Een e-mailadres is altijd gekoppeld aan het IP-adres.'

'Wat moet ik nu doen?' vroeg Jade.

'Ik raad je aan het je ouders te vertellen en samen met hen aangifte te doen,' was Daniëlles advies.

Jade schrok. Hetty! dacht ze. Die zei dat ook! Dus ze moest toch... En als ze het niet zelf deed, ging Hetty vast naar de politie, of anders zou ze het aan papa en mama

vertellen. Jade wist het zeker: Hetty had haar wat tijd gegeven, maar aan haar geduld kwam een eind.

'Eh…' aarzelde ze. 'Moet dat echt?'

'Het is aan jou,' antwoordde Daniëlle, 'maar het is belangrijk dat hij stopt en geen andere slachtoffers maakt.'

20

Beneden in een bijna lege kantine zaten Malini en Lian te wachten. Zodra Jade en Sacha eraan kwamen, haalden ze cola en gevulde koeken en aandachtig luisterden ze naar het verslag van Jade en Sacha.

'En ga je dat ook doen?' vroegen ze allebei aan Jade.

Jade kreeg een kleur. 'Ik denk het wel,' zei ze. En vreemd genoeg voelde ze zich ineens erg opgelucht. Ze moest ervan zuchten.

Sacha sloeg een arm om haar heen. 'Dapper van je! Als je wilt, gaan wij mee.'

'En die foto's op internet?' zei Malini. 'Hebben jullie nog gevraagd wat daarmee moet gebeuren?'

Sacha antwoordde: 'We kunnen de websitebeheerder vragen om ze eraf te halen.'

'Gelukkig,' zuchtte Lian.

'Tja...' Sacha zuchtte met haar mee.

Maar Malini merkte op: 'Maar internet is snel, als ze nu overal al staan?'

Dat leverde haar een elleboogstoot op van Sacha. 'We gaan zoeken en dan vragen we alle webbeheerders die foto's weg te halen.'

'Ja, maar,' bedacht Jade ineens, 'misschien blijven ze wel tot in het oneindige staan en kan iedereen ze eindeloos tegen blijven komen.'

'Niet zo somber!' zei Lian. 'We gaan ervan uit dat ze weggehaald worden.'

'Kom!' zei Sacha. 'Aan de slag!'

'Lief van jullie,' zei Jade. En ze liet zich door haar vriendinnen meenemen naar huis.

Nu moest ze het haar ouders vertellen. Sacha bood weer aan erbij te zijn. En dat was maar goed ook, want het gaf Jade meer moed. Diezelfde avond nog, terwijl ze met zijn vieren koffiedronken, begon ze erover.

Zodra Jade haar verhaal gedaan had, riep haar moeder uit: 'Zie je nou wel, ik was er al bang voor! Dat heb je er nou van! Door die gewéldige foto's van jou heb je wel mooi de verkeerde mannen naar je toe gelokt.' Ze was op het puntje van de bank gaan zitten en haar stem klonk scherp.

Jade kroop in elkaar. Daar was ze nu net zo bang voor geweest, voor die woorden. Het was al erg genoeg, dus dat hoefde haar moeder haar niet nog eens in te wrijven. Maar Jades vader zei toen gelukkig: 'Leonne, houd op, daar help je haar nu niet mee.'

Maar hij keek haar zo aan! En zei: 'Al stel je me wel teleur. Ik had je wijzer gedacht...'

Het bleef even stil.

Jade wachtte af, haar hoofd gebogen. Sacha zat ongemakkelijk heen en weer te schuiven op de bank, zag ze vanuit haar ooghoeken.

Maar toen zei Jades vader: 'Nu weten we in ieder geval wat jou mankeerde de laatste tijd. Goed, dan kunnen we nu bedenken hoe we dit gaan oplossen. Eerst maar alle shit

van jouw computer verwijderen!' Hij was intussen al op-
gestaan.

Sacha veerde op. 'Je moet niets weggooien, hoor, van
de computer,' zei ze snel. 'Dat is allemaal bewijsmateriaal.'

'De zorgcoördinator van school raadde aan aangifte te
doen,' zei Jade zacht. 'En dan heb je bewijsmateriaal nodig.'

'Met de gegevens van Yorams e-mailberichten kan de
politie hem opsporen,' voegde Sacha eraan toe.

Jades vader ging weer zitten. Hij keek de meiden aan.

Ook Jades moeder keek van Sacha naar Jade en weer terug, alsof nu pas echt tot hen doordrong dat dit meer was
dan een stomme streek. 'Och hemeltje lief. Ja, ja, jullie
hebben helemaal gelijk! Je moet inderdaad niets wissen, de
politie zal dat wel willen zien,' zei ze.

'Oké, natuurlijk! Jade moet aangifte doen!' herhaalde Jades vader.

'Dat kan dus, bij zoiets?' vroeg Jades moeder voor de
zekerheid.

Sacha knikte en zei: 'Ja, Daniëlle zei dat het wel verstandig was. Dan weet de politie ook wat er is gebeurd.'

'En het geeft mij een goed gevoel,' zei Jade.

Nu pas legde Jades moeder haar arm om de schouders
van Jade en drukte Jade even tegen zich aan. 'Hè, wat vervelend voor je.'

'Ik kon er echt niets aan doen,' zei Jade nog maar een
keer. 'Hij was eerst echt heel lief.'

'Maar je uitkleden...' zei haar moeder voorzichtig.

Jade zei kattig: 'In het echt doe je dat toch ook op een
gegeven moment?'

'Hm, ja. Maar ben je niet een beetje te goed van vertrouwen geweest?' vroeg haar moeder zich af.

'Misschien,' wierp Jade tegen. 'Maar als je ermee begint dat je iedereen wantrouwt, dan kun je toch niet normaal met elkaar praten?'

Sacha blies tegen haar voorhoofd, waardoor een krulletje opsprong. 'We doen het allemaal,' zei ze, 'met elkaar omgaan op internet.'

'Heb jij dan ook zo'n relatie?' vroeg Jades moeder.

'Nou nee, dat niet,' antwoordde Sacha, 'maar ik praat wel met jongens. Heel veel jongeren hebben verkering via internet. En ze daten ook vaak genoeg! Sommigen ontmoeten elkaar in het echt en krijgen zó echte verkering.'

'Ja, en daar komt ellende van! Dat lees je dan weer in de krant,' riep Jades moeder uit.

'Dat zijn uitzonderingen,' zei Sacha beslist. 'En die meisjes hebben een verkeerde afspraak gemaakt. Dan is ze alleen gegaan of zo, of dat meisje is naar zijn huis gegaan. Dat moet je dus nooit doen. Je kunt best iets afspreken, maar dan moet je iemand meenemen en altijd op een plek waar meer mensen zijn.'

'En sta jij ook op Sugarbaby's, of hoe heette die site ook alweer?' wilde Jades moeder vervolgens weten. 'Heb jij ook zulke ervaringen?'

'Nee, hoor,' zei Sacha. 'Maar ik sta er ook op. Heel veel meiden staan er. Het is er erg gezellig. Wat Jade nu heeft meegemaakt, is echt niet normaal.'

Jade bedacht zich opeens iets. 'Mam, ik kan in de disco ook een engerd tegenkomen.'

'Die eerst lief en aardig lijkt om vervolgens vervelende dingen te gaan doen,' vulde Sacha aan.

Jades moeder zuchtte. 'Ja, dat is waar. Dat kan natuurlijk overal.'

'Moeten we nog gaan kijken wat hij de laatste tijd aan Jade heeft geschreven?' vroeg Jades vader aan haar moeder. 'Of er nieuwe bedreigingen zijn?'

'Nee! Niet doen! Ik wil het niet weten, hoor,' riep Jade uit. Het idee! Dan zou haar vader ook al die eerste mailtjes kunnen lezen. Dat was toch wel mooi privé. 'En hij was in het begin echt aardig!' zei ze nog maar eens.

Haar vader sloeg zijn armen om Jade heen en knuffelde haar even. 'Mijn meisje toch,' zei hij troostend. Daarna zei hij woedend: 'Verdomme, die rotjongen is veel te ver gegaan! Die heeft jou... heeft jou...' Zijn stem trilde. 'Verdomme!' zei hij toen alleen nog maar. Daarna stond hij op om pen en papier te pakken. 'We gaan alles eens op een rijtje zetten. Dan hebben we een overzichtelijk verhaal als we naar de politie gaan.'

'En dan haal jij je foto's van de site af en haalt je vader de computer naar beneden,' zei Jades moeder.

'Nee, dat vind ik stom!' protesteerde Jade. 'Ik ben geen kleuter! Het komt niet door die site. Die is veilig. Het komt door mijzelf. Ik heb zelf stom gedaan door hem toe te voegen op msn.'

'Nou, maar je wist toch niet dat hij zó zou gaan doen,' zei Sacha. 'Er zijn zat meiden die wel leuk verkering hebben via internet.'

'Oké, maar ik snap nu dat je risico's neemt als je iemand niet goed kent. Ik zal zoiets nooit meer doen.' Jade wreef

een pluk haar rond haar wijsvinger. 'Je moet "nee" kunnen zeggen en een ander moet dat accepteren.' Weer dacht
ze na. Toen somde ze op: 'En verder zal ik nooit meer foto's aan iemand sturen, ga ik alleen nog maar cammen met
bekenden, zal ik nooit meer iemand toevoegen op msn
die ik niet ken en ga ik ook alle namen van mensen die
ik niet ken, schrappen van mijn adressenlijst.' Jade hapte
naar adem. 'Ik word gewoon heel verstandig.'

'Maar je hebt ook gewoon pech gehad,' vond Sacha,
'voor hetzelfde geld was het wel een topgozer geweest en
had je er nu een leuke verkering aan overgehouden.'

Jade keek haar aan. In de ogen van Sacha las ze warme
steun en vriendschap.

'De leuke jongens zijn heus wel in de meerderheid,
hoor!' voegde Sacha eraan toe. Toen grinnikte ze. 'We
moeten ze alleen nog even leren kennen.'

Hai!

*Heb je mijn verhaal gelezen? Erg, hè? Ik heb aangifte gedaan
bij de politie. Mijn ouders waren allebei mee en Sacha ook.
Die moest mijn hand vasthouden! Maar het viel best mee. Ik
heb mijn verhaal intussen een paar keer verteld en de
rechercheur was heel aardig.*

*Hij zei dat het erg goed van mij was dat we kwamen. Zoiets
als ik heb meegemaakt met Yoram gebeurt wel meer, zei hij,
en als meiden dat niet aangeven, weten zij er niet van.
Kennelijk vinden veel meiden het moeilijk en laten ze het erbij
zitten. Maar dan kan de politie niets doen. Zonder aangifte
kan Yoram gewoon doorgaan met slachtoffers maken. Het idee
dat hij zo met meer meisjes omgaat, maakt me wel verdrietig.
Want ik bedacht me dat hij in het begin, toen het zo leuk
was, misschien niet eens meende wat hij allemaal zei!
Misschien was hij van het begin af aan erop uit om mij uit de
kleren te praten!
Ik was nog nooit op een politiebureau geweest. Ook al had ik
niks verkeerd gedaan, je wordt vanzelf zenuwachtig van zo'n
gebouw. Ik in elk geval wel. We moesten naar een kamer op
de derde verdieping, met twee indrukwekkende bureaus met een
hoop spullen erop en twee computers natuurlijk. We kregen
koffie of thee en toen moest ik mijn verhaal vertellen. De
rechercheur maakte aantekeningen en vroeg steeds naar alle
details. Hij schreef dat allemaal op. Wel gek, hoor, met je*

ouders erbij! Het duurde alles bij elkaar wel een beetje lang.
Nou ja.

Hij vond het goed dat mijn vader een overzicht op papier had
van alles wat er gebeurd was, maar nog liever had hij gehad
dat we wat van Yorams mail of msn-gesprekken waarin hij mij
chanteerde en bedreigde, hadden meegenomen. Hij zei dat data
en tijdstippen van het versturen van de e-mails belangrijk zijn
voor het opsporen. Maar goed, die zullen ze wel gevonden
hebben, want daarna hebben ze mijn computer gehaald. Die
hebben ze onderzocht op wat er allemaal op staat. Ik schaam
me dood! Maar ik heb liever dat die man dat allemaal ziet en
leest dan mijn vader!

De politieagent heeft uitgelegd dat tegenwoordig met ADSL en
kabel en zo iedere computer een vast adres heeft. Als dat bekend
is, kunnen ze op zoek naar zijn huisadres. Dan wordt de
computer van Yoram in beslag genomen en onderzocht. Daarop
staat dus ook bewijsmateriaal. Yoram wordt dan opgepakt.

Wat klinkt dat gek! Het is wel stom, maar ik krijg bijna
medelijden met hem als ik daaraan denk. Nou ja, als ik denk
aan de Yoram van het begin. Dan krijg ik ook bijna spijt van
mijn aangifte. Wat gaat er met hem gebeuren? Als het nou
echt was van zijn dip en zijn problemen, hoe moet dat dan
met hem? Of was dat ook fake? Ik zal het nooit weten. Maar
als ik dan weer denk aan de Yoram van het eind, dan denk
ik: net goed!

Als ze hem kunnen vinden, pakken ze Yoram dus op en in
ieder geval heeft hij dan een stevig gesprek met de politie.
Misschien wordt hij wel veroordeeld. Ik heb nog gevraagd wat
voor straf hij kon krijgen: een geldstraf of misschien zelfs een
gevangenisstraf! Poe hé!

148

Het kon alleen wel lang duren, zei de rechercheur, voor alles
rond is. Ik moest maar veel geduld hebben.
Hij heeft ook nog gezegd dat ik echt geen schuld had. Yoram
zat fout! Hij zette mij onder druk. En als er genoeg bewijs is,
krijgt hij zijn verdiende loon.
Stiekem ben ik wel bang dat hij ooit wraak gaat nemen. Stel
dat hij gestraft wordt en dan daarna… Hij weet waar ik
ongeveer woon, hoe ik eruitzie…
Nou ja, daar moet ik maar niet te veel aan denken. Misschien
doet hij dat ook wel niet. Hij heeft ook nog steeds niets aan
mijn ouders gestuurd. En áls het nog gebeurt, is het niet erg:
zij weten er nu van.
Eigenlijk best wel een fijn idee dat mijn ouders op de hoogte
zijn! Onthouden dus: als jou iets vervelends is overkomen, is
het belangrijk het aan iemand te vertellen! Het scheelt echt,
hoor, je voelt je veel beter als iemand het weet. En anders hoop
ik dat je net zulke geweldige vriendinnen hebt als ik. Ze
vonden het allemaal wel erg interessant om te horen. Sacha en
ik hebben dan ook uitgebreid verslag gedaan.
Toen op het politiebureau kregen mijn ouders ook nog op hun
kop! Echt waar! De rechercheur zei dat ouders veel te weinig
weten van wat hun kinderen doen op internet. Ze hadden mij
beter moeten voorlichten. Maar toen zei hij ook dat een
computer op je eigen kamer niet zo'n goed idee was. Daar
hebben we later thuis nog flink ruzie om gehad. Die heb ik
helaas verloren. De computer staat nu beneden. Voorlopig, wat
mij betreft. Ik heb mijn moeder uitgelegd hoe het werkt,
Sugababes, en nu begrijpt zij tenminste dat het leuk is. En het
is best wel gezellig om wat vaker beneden te zijn. Dat zegt
mijn moeder ook. En nu blijkt zij ineens geïnteresseerd in wat

ik doe op de computer! Dan plaag ik haar: 'Je moet nu wel,
hè, van de politie!' Zij een rooie kop! Lachen, hoor.
Want dacht je dat ik nu nooit meer ging chatten? Mooi wel
dus. Dat is nou eenmaal het leukste om te doen, vind je niet?
Maar ik heb mijn lesje wel geleerd. Ik ben voorzichtig. De
foto's zijn weggehaald van de site, en mijn vriendinnen hebben
niet kunnen ontdekken of ze ergens anders ook staan. En zo
langzamerhand vergeet ik alles een beetje.
Hé, veel plezier nog op internet en houd je kop erbij als je gaat
chatten! Doei!

Jade

PS Is jou ook wel eens iets vervelends overkomen? Weet je dan
wat je moet doen? Lees maar eens op de volgende bladzijden.
Misschien staat er wat bij waar je iets aan hebt.

tips voor veilig chatten:

- Chat niet met je eigen naam, maar met een nickname. Zorg ervoor dat ook uit je e-mailadres niet je eigen naam te halen valt. Geef nooit adres, telefoonnummer, de naam van je school en andere persoonlijke informatie. Houd je wachtwoord geheim, en kies er één dat niet gemakkelijk te raden is, zoals je hobby of de naam van je huisdier...
- Ga zelf met respect met anderen om, wees beleefd. Haal geen geintjes uit, vertel geen dingen over anderen op het internet.
- Zet niet zomaar iedereen in je lijst met contactpersonen. Neem niet klakkeloos contacten van vrienden over. Het lijkt stoer, een lijst met 150 personen, maar je loopt risico's.
- Wees je ervan bewust dat iemand zich altijd anders voor kan doen dan hij in werkelijkheid is. Er zijn nu eenmaal mensen die via chatsites contact zoeken met kinderen/jongeren om vervolgens misbruik van hen te maken. Houd daar rekening mee!
- Chat bij voorkeur op msn, dat is relatief veilig. Je voegt zelf mensen toe, je kunt ze blokken. Mannen met slechte bedoelingen zijn vooral actief bij de open chatboxen. Meld enge mensen bij de moderator of klachtbeheerder. Die kan ze wegsturen. Maar als ze zich hebben misdragen, zijn ze veel moeilijker te achterhalen! Verder kunnen hier geen gesprekken worden opgenomen, die als bewijsmateriaal kunnen dienen.
- Denk eraan dat op chatsites alles wat je zegt of schrijft door

151

anderen gelezen kan worden. Msn is dan wel intiemer, maar ook hier geldt dat door de ander alles bewaard kan worden en op internet verspreid. Msn je met webcam, besef dan dat degene met wie je camt, deze beelden op kan slaan. Wees dus voorzichtig!

- Open nooit bestanden van mensen die je niet kent: er kunnen virussen in zitten.

Wat kun je doen als je vervelende chat of mail krijgt, bijvoorbeeld opmerkingen over seks, scheldwoorden of bedreigingen?

- Probeer het je niet aan te trekken, het is misschien niet eens persoonlijk bedoeld. Jij kunt er niks aan doen. Het ligt dus ook echt niet aan jou. Niet reageren, zet de computer uit en ga even wat anders doen.
- Als jij niet reageert, is de lol er gauw af. Houd dat maar in je achterhoofd.
- Ga zo iemand blokken, dan kan hij niet meer zien wanneer jij online bent.
- Je kunt een andere nickname bedenken en zo verder chatten. Je kunt ook je e-mailadres veranderen.
- Laat je niet uitdagen! Ga niet in op rare voorstellen.
- Vertel het aan vrienden, je ouders, een leraar. Erover praten maakt het alvast minder zwaar.
- Je kunt het ook (anoniem) melden op www.pestenislaf.nl
- Meld vervelende chatters bij de moderator van de site.

Wat doe je als iemand met je wil afspreken?

- Denk hier heel goed over na: hoe zeker ben jij dat hij is wie hij zegt te zijn? Heb je twijfels? Niet doen!
- Wil je toch gaan, zorg dan dat er iemand met je meegaat. Spreek af op een plek waar veel mensen zijn, laat thuis weten waar je bent en neem je mobieltje mee. Vertrouw je het niet? Wegwezen!

Wat kun je doen als je vervelende ervaringen per webcam hebt?

- Praat erover.
- En ga per direct alleen nog maar cammen met mensen die je kent.
- Neem de beelden op! Op www.pestenislaf.nl kun je vinden hoe dat moet. Als het heel erg is, kun je overwegen met de beelden als bewijsmateriaal aangifte te doen.

En wat als je gechanteerd wordt met blote foto's of beelden?

- Ga er niet op in. Veel mensen doen niet wat ze zeggen.
- Vertel het je ouders of een leraar.
- Je kunt ook bellen met 0800-2828280 en vragen wat je moet doen. Dit is de telefoonlijn van www.pestenislaf.nl. Je kunt ook gratis bellen met de kinder- en jongerentelefoon: 0800-0432; of voor mobiele bellers: 0900-0123 (niet gratis).

Gaat het maar door en door en kun je het niet stoppen?

- Dan is het stalken geworden en stalken is strafbaar. Dan kun je aangifte doen.
- Het is slim vervelende mail te bewaren: het is bewijsmateriaal! Bij msn kun je chatsessies opslaan. Dat doe je als volgt: in het gespreksvenster klik je boven in de werkbalk op het menu 'Extra'. Vervolgens klik je op 'Opties'. Selecteer dan 'Berichten'. Daar zie je staan: 'Berichtgeschiedenis'. Hier kun je de optie aanvinken als je wilt dat de gesprekken automatisch worden opgeslagen in een bestand. Hoe lees je ze dan weer terug? Weer in het gespreksvenster (of in het hoofdvenster van msn) klik je op het menu 'Bestand' en daarna op 'Berichtgeschiedenis openen'. Klik op de gewenste contactpersoon en op 'OK'. Alle gesprekken met deze persoon staan hier nu te lezen!

Aangifte doen? Dat kan! Hoe gaat dat?

- Neem bewijsmateriaal mee, dus een print van de vervelende mail of chatsessies (zie boven), of opnames van de webcam. Vergeet niet te noteren van wanneer de mails of chatsessies waren (data en tijdstippen van verzending) en hoelang het is doorgegaan. Neem zijn e-mailadres mee en ook het IP-adres van jouw computer. Dit is het 'adres' van jouw computer. Die gegevens vind je op www.ipee.nl of www.watismijnip.nl
- Je wordt doorverwezen naar een rechercheur van de jeugd- en zedenpolite. Die wil zo precies en uitgebreid mogelijk van je weten wat er gebeurd is.
- Bij chatten of mailen beschik je over een e-mailadres. Daar-

mee kun je zoeken naar het IP-adres van jouw belager. Als dat bekend is, kan via de provider worden gezocht vanaf welke locatie hij heeft gechat/gemaild. Op last van de politie moet de provider naam, adres en woonplaats geven van degene die op dat moment gebruiktmaakte van het e-mailadres. Is dat een school, een bibliotheek of een internetcafé, dan loopt het onderzoek mogelijk vast: het is moeilijk te achterhalen wie het geweest is. Maar kom je bij een woonadres uit, dan worden de bewoners ondervraagd. Ook wordt de computer met bewijsmateriaal gevorderd, net als jouw computer trouwens. Die wordt ook onderzocht. De dader wordt opgepakt, minstens voor een gesprek. Afhankelijk van wat er gebeurd is, kan hij een veroordeling krijgen.

Voor meer informatie: www.pestenislaf.nl

Met dank aan: Sjouke Hietkamp, Digitaal Rechercheur Politie Fryslân

Wil je ook een V.A.M.P. zijn? De tips staan op:
http://spitsnet.nl/nieuws.php/12/53603/cci/Vamp_voor_de_ webcam.html